CW00517386

DE SUCRE
ET D'EPICES

Kenny Manta
De sucre et d'épices
Amazon KDP

De Sucre et d'épices - Kenny Manta
Numéro ISBN : 9798565918243

A mon amour,
pour avoir réussi l'exploit de me réconcilier avec Noël.

PROLOGUE

Je pose mes yeux sur l'assistance et je sens mon cœur qui manque un battement. Je n'ai pas pour habitude de me sentir à ce point absorbé par les choses et en revenant ici, il y a à peine une semaine, je n'aurai jamais imaginé vivre un moment pareil. C'est peut-être bien ce qu'on appelle la magie de Noël après tout.

Dans mon costume trop clair, je me tiens droit face à une audience captivée par ce qu'il est en train de se passer. Nous sommes tous réunis ici pour la même raison. Célébrer l'amour, quel qu'il soit. Charline m'adresse un sourire satisfait alors qu'elle s'avance, du fond de l'église, enveloppée dans une robe au tissu aussi immaculé que toute la neige qui tombe dehors. Ravie, heureuse et épanouie comme je ne l'avais encore jamais vue, elle serre le bras de notre père et marche au rythme de la harpe qui l'accompagne.

Je ne me lasserai sans doute jamais de ce souvenir.

J'y reviendrai toujours.

Et pourtant, à cet instant, ce n'est pas à Charline que je pense mais bien à Franklin… et comme si l'univers tout entier entendait mes pensées, je le vois qui se matérialise, à quelques mètres de moi. Mon cœur manque un nouveau battement alors que mon regard se noie naturellement dans le sien.

Je n'imaginais pas en montant dans cet avion l'aventure rocambolesque qui m'attendrait ici. L'atmosphère m'absorbe entièrement et, comme propulsé dans le passé, je revis l'aventure de ces derniers jours en l'espace d'à peine quelques instants.

CHAPITRE UN
19 / 20 DECEMBRE

Les lumières m'aveuglaient légèrement mais rien ne pouvait m'empêcher de vivre pleinement ce qu'il se passait autour de moi. Un rapide coup d'œil sur ma droite et je retrouvai le visage de poupon de Sonia, toute aussi concentrée que moi. L'esprit ailleurs, je laissai la musique m'emporter, la foule qui frappait des mains à l'unisson tandis que nous, danseurs, achevions le dernier tableau de ce qui se voudrait être la dernière date d'une tournée bien rodée à laquelle j'avais eu la chance de participer ces six derniers mois.

Une fois le morceau terminé, l'artiste aux nombreuses récompenses nous invita à la rejoindre sur le devant de la scène. Une rapide présentation de chacun des artisans de ce concert et, mains dans les mains, nous procédions à un tout dernier salut devant un public satisfait et grisé par les deux dernières heures.

L'adrénaline retombait presque aussitôt lorsque je passai la porte des coulisses. En nage, j'attrapai le premier linge qui me fût apporté par l'une des assistantes de plateau et me glissai, rapidement, jusqu'aux loges réservées aux danseurs. L'effervescence de fin de concert ne me surprit guerre lorsque je poussai la porte. Sans prêter réelle attention à mes camarades, je m'installai face à mon miroir. L'excitation laissait finalement place à cette sensation de manque qui, déjà, se profilait en moi. Je ne vivais que pour la scène, depuis plus de dix ans déjà. A l'époque, j'avais quitté ma ville pour faire carrière et, à ma plus grande surprise, j'avais finalement réussi à me faire un nom parmi les plus grands.

Cette tournée faisait écho à une précédente tournée à laquelle j'avais participé pour un autre artiste. A chaque fois que l'aventure se terminait, je me sentais comme happé par un sentiment de vide qui ne demandait qu'à m'avaler entièrement. J'avais besoin de tout ça, de ces lumières, de cette fumée, des applaudissements d'une foule surexcitée et des mois de préparation qu'un concert exigeait. C'était la seule chose qui me donnait le sentiment d'exister vraiment.

D'ordinaire, je serai déjà à la recherche d'une prochaine audition. J'aurais sans doute déjà écrit un message à Vladimir, mon agent, pour qu'il me trouve un autre objectif, une autre tournée ou un autre show à assurer.

La situation était aujourd'hui pourtant différente.

Cette enveloppe sur la glace ne faisait que me narguer depuis que je l'avais ouverte.

-       Pourquoi tu tires la tronche Thomas ?

Sans surprise, Sonia m'avait déjà rejoint. Assise à côté de moi, elle passa son bras par-dessus mon épaule.

-       C'est fini, lui répondis-je légèrement triste.

- Et c'est le début d'une nouvelle aventure, non ? me répondit-elle en gloussant.

Sonia et moi parcourions ensemble les auditions depuis des années déjà. Nous nous étions rencontrés sur Paris et jamais, encore, nous nous étions quittés. Première colocation, dix ans plus tôt, qui s'avérait être la seule que nous n'aurions jamais puisque aujourd'hui encore, nous habitions toujours ensemble.

L'esprit ailleurs, je frôlai du bout des doigts l'enveloppe en poussant un long soupire.

- C'est l'heure de la pause, me concernant.
- Comment ça ?
- Le mariage de Charline approche.

Sonia prit cinq secondes pour remettre ses idées en place.

J'avais reçu l'invitation de ma sœur deux mois plus tôt à laquelle j'avais fini par répondre par la positive, même si rentrer à la maison après toutes ces années ne m'enchantait guère.

Si j'avais réussi à esquiver les ennuyeuses et interminables réunions familiales ces dix dernières années et à me satisfaire de quelques appels, un mariage était un événement auquel je ne pouvais me soustraire. Comble de l'ironie ou pas, la vie avait voulu que la tournée se terminait ce soir et qu'un créneau se libérait dans mon agenda pour me permettre de réserver un billet d'avion pour le premier vol retour jusqu'à la maison.

- Tu pars quand ?

-   Demain matin.

-   Alors pourquoi tirer la tronche maintenant ? Tu sais très bien comment ça se passe, non ? On se change, on se pouponne et ce soir, on fait la bringue jusqu'à l'aube pour célébrer ces six derniers mois de tournée. Tu auras tout le temps d'être de mauvaise humeur dans le taxi qui te mènera à l'aéroport.

Un rapide sourire en coin et déjà, elle se releva pour aller se changer.

Face à la glace, j'observai un instant de plus le contour de ma mâchoire, le trait fin de mes sourcils et l'océan de mes iris. J'avais changé, comme tout le monde. J'avais grandi, j'avais mûri… mais les douleurs qui m'accompagnaient depuis mon départ de Trois-Rivières ne m'avaient jamais réellement quittées.

Je pris le parti de suivre les conseils de ma meilleure amie et, d'un simple coup de démaquillant, je laissais mes peines au lendemain pour me concentrer sur la soirée festive qui s'annonçait.

* * *

Sonia avait entièrement raison en affirmant que le voyage serait assez long pour me replonger dans mes appréhensions. Ce qu'elle avait oublié de me dire, c'est qu'il me faudrait tout autant de temps pour me remettre de cette gueule de bois atroce qui m'accompagna jusqu'au tarmac de l'aéroport de destination.

Le cerveau encore embrumé, j'avais manqué de louper ma valise en sortant. L'aéroport de Trois-Rivières – l'unique aéroport à dire vrai – se situait à vingt minutes à peine du centre-ville. J'aurais pu faire le trajet en bus mais ma mère avait insisté pour venir me chercher. De guerre lasse et pour ne surtout pas la blesser, j'avais finalement cédé à sa demande.

C'est ainsi que je me retrouvai, seul, accoudé au bar du terminus à attendre que cette dernière ne fasse son apparition. Nous étions le 20 décembre, à croire le magazine que je venais d'acheter. Dans une semaine à peine, nous partagerons un repas de famille pour Noël et, cette année, je ne pouvais m'y soustraire puisque ma sœur avait eu la riche idée de faire célébrer son mariage le 23 décembre.

Le nez perdu dans un café trop chaud, je n'avais pas vu ma mère débarquer dans l'aéroport et ne pus m'empêcher de sursauter lorsque je l'entendis hurler mon prénom à plusieurs mètres de distance. Mal à l'aise, je relevai la tête vers elle en profitant pour détailler cette femme d'un certain âge toujours aussi dynamique. Les cheveux courts et grisonnant, des lunettes vissées sur le nez, elle s'élança à ma rencontre avec une telle fougue que j'en failli perdre l'équilibre lorsqu'enfin elle me sauta au cou.

Me couvrant de baisers et de compliments, elle fit rapidement le tour de mon état et me reprocha, sans grande stupéfaction, la maigreur de mon visage, l'état désastreux de mon jean troué – bien que je tentai de lui expliquer combien ils étaient à la mode là d'où je venais – avant de me tirer par le bras pour m'emmener à l'extérieur rejoindre le fourgon familial.

En quittant l'aéroport, je fus surpris de constater qu'ici, plus qu'ailleurs, la neige avait déjà enterré les véhicules et les routes.

- Il a beaucoup neigé, dis-je en levant les yeux au ciel.
- Il n'arrête plus depuis le début de la semaine, ton père passe son temps à déblayer l'allée en maudissant ce temps.

Sans surprise, je retrouvai ma mère telle que je l'avais laissée des années plus tôt. Seules les rides sur son visage témoignaient du temps qu'il nous avait manqué et, instinctivement, je ne pus m'empêcher de ressentir une once de culpabilité lorsqu'en m'ouvrant le coffre pour y glisser mes affaires, elle me dit :

- J'ignorais combien de temps tu resterais, j'ai convaincu ton père de me laisser la camionnette pour avoir suffisamment de place si jamais tu décidais de rester un peu après les fêtes.

La déception dans sa voix ne m'étonna pas des masses. Ma mère avait toujours été la reine de la subtilité, du genre à vous faire tous les reproches du monde tout en vous faisant croire qu'il s'agissait uniquement de compliments. Je l'avais vu exercer ainsi des années durant puisque, non contente d'être ma mère, elle avait également été mon institutrice durant la grande majorité de mes études primaires.

Elle me fit néanmoins la curieuse surprise de ne pas m'assommer de reproches sur le trajet du retour et me laissa même – curieusement – l'occasion de me plonger dans mes contemplations.

Trois-Rivières était une bourgade de la taille du petit doigt à l'échelle du Monde. Petite ville canadienne perdue dans un état beaucoup trop grand mais néanmoins réputée pour sa production de sirop d'érable, j'avais vu le jour ici et n'avais jamais quitté les lieux jusqu'à ma majorité.

La mairie était toujours au même endroit, malgré les dix ans qui me séparaient de mon dernier retour en ville, tout comme le stade de football et l'école dans laquelle ma mère avait travaillé jusqu'à sa retraite, l'année dernière. Si j'avais curieusement évité de revenir toutes ces années, je devais bien avouer que revoir la boulangerie dans laquelle j'achetais régulièrement mes petits-déjeuners réveillait en moi un sentiment confortable.

Nous traversâmes le centre-ville avant de prendre le chemin de Saint-Marthe-du-Cap, dûmes de fait traverser le pont de la rivière Saint-Maurice, l'île Saint-Christophe et arrivâmes finalement dans le quartier résidentiel où j'avais grandi, non loin du parc Roger Guibault.

Le cœur serré, je quittais le véhicule en prenant le temps de refermer ma veste, m'arrêtant un court instant face à la demeure familiale qui, sans grand étonnement, n'avait pas changé du tout. Ma mère déchargea la voiture avant de se placer à mes côtés. Elle glissa sa main derrière mon dos en articulant, doucement :

- Bon retour à la maison, Thomas.
- Merci, lui répondis-je discrètement.

Elle m'adressa un léger sourire, me tendit l'anse de mon unique bagage et se dirigea jusqu'à la porte d'entrée.

De mon côté, je restai un instant perdu dans mes pensées.

Bon retour, avait-elle prononcé.

Pourtant, au fond de moi, une voix m'avertissait que ce retour n'annonçait rien de bon.

CHAPITRE DEUX
20 décembre

Lorsque j'ouvris la porte, je ne fus pas surpris de retrouver Charline, mon père et ma grand-maman sur le seuil qui m'attendaient avec impatience. Ma sœur me sauta dans les bras, enfonçant son visage sur mon épaule tandis que mon père, formellement, s'avança dans son dos pour me serrer la main avec puissance. Lorsque Charline se dégagea de notre étreinte, Mamie Fernande en profita pour s'approcher, sa robe violette à motifs improbables flottant derrière elle, et déposer un délicat baiser sur mes lèvres, comme elle le faisait depuis ma naissance.

-    Quel accueil, m'entendis-je leur dire en souriant.

Un instant, je cru sentir régner une once de malaise dans l'air alors que chacun se mit à me dévisager pendant ce qui me sembla durer une éternité. Et puis, grand-maman exalta d'un coup, nous prenant tous par surprise :

-    On ne va pas rester cloîtré dans l'entrée à détailler ce pauvre enfant. Allons prendre quelques douceurs au salon.

Ma mère acquiesça d'un signe de tête et toute la troupe pris la direction du salon. Dans l'entrée, je restai un instant immobile face aux escaliers qui grimpaient à l'étage et ne pus m'empêcher de dire, à voix haute :

-   Je vais aller déposer mes affaires dans la chambre, j'arrive tout de suite.

Personne ne jugea bon d'intervenir et, silencieusement, je leur en fus reconnaissant.

En poussant la porte de ma chambre d'enfant, je sentis mon ventre se tordre très faiblement. Sans un mot, j'avançai dans la pièce en y redécouvrant tout ce que j'y avais abandonné, lorsqu'à vingt ans à peine, j'avais pris la décision de tout quitter.

Sur les murs trônaient encore les affiches des artistes que je rêvais de rencontrer et qui, pour la plupart, m'avaient engagé ces dix dernières années pour participer à leur tournée. Une réussite dont je n'étais pas peu fier lorsque je m'assis sur le lit confortable où j'avais passé mon enfance à rêver d'un ailleurs, d'une vie meilleure, de quelque chose de plus grand que cet endroit où je m'étais senti emprisonné toute mon enfance.

Par la fenêtre, je voyais toujours la maison des Sullivan qui vivaient à quelques mètres de chez nous et dont la fille avait été, longtemps, mon unique confidente. L'épais manteau de neige me ramena à cette saison particulière que chérissait particulièrement ma famille. Noël avait un goût particulier pour eux, quelque chose qui m'avait toujours dépassé et dont je me sentais, étrangement, complètement désolidarisé.

Sur la table de nuit, j'y retrouvai une vieille brochure que je dévorais plus jeune et, sur le bureau, les vestiges d'une vie qui me paraissait désormais si éloignée de celle que je menais. A presque trente ans, j'avais déjà parcouru l'essentiel de l'Europe et de l'Amérique grâce à une passion dévorante à laquelle j'avais dédié mon adolescence. La danse avait été plus qu'un exutoire puisque je m'y étais, bien souvent, réfugié plus que de raison. Ma mère m'avait toujours soutenu, mon père avait pris plus de temps à l'accepter et puis, à l'âge de quinze ans, en prenant conscience de mon orientation sexuelle, tout avait changé.

C'est à cet âge-là également que commença cette espèce de transition dont je n'avais jamais su définir les contours avec précision. Comme si en découvrant qui j'étais, j'avais également mis le doigt sur tout ce que je ne voulais plus être. Vivre ici en avait fait partie.

Partir… me découvrir.

Je rêvais déjà d'ailleurs alors que j'étais tout juste assez grand pour décider de la couleur dont seraient peints les murs de ma chambre. Cette maturité avait été un fardeau et m'avait toujours donné l'impression d'évoluer à contre-courant, en marge d'une vie qui ne me ressemblait pas. Fort heureusement, mes parents s'étaient montrés suffisamment ouverts d'esprit pour ne pas ajouter à cette étrange impression le poids d'une culpabilité que j'aurais pu ressentir à ne pas aimer les femmes, à ne pas les désirer.

Mon regard soudainement fut attiré par un flyer qui trainait sur une pile de vieilles photographies. Me redressant du lit, je m'installai derrière mon bureau et l'attrapai du bout des doigts. Avec un léger sourire, j'y découvris le titre du premier spectacle de danse auquel j'avais participé, seize ans plus tôt.

- Qu'est-ce que ça fait ?

Une voix familière m'arracha à mes pensées. Je levai la tête vers la silhouette longiligne de ma sœur jumelle. Son sourire, tout aussi familier, me réchauffa le cœur lorsqu'elle vint s'asseoir près de moi.

- J'ai l'impression de n'être jamais parti.

- Maman a toujours refusé que papa aménage la pièce après ton départ. Je crois qu'au fond d'elle, elle espérait que son petit garçon finisse tôt ou tard par rentrer à la maison.

- Je n'ai pas été vraiment à la hauteur, n'est-ce pas ?

- Tu leur as manqué, Tommy.

- Sur une échelle de un à dix, à combien s'élève le poids de leur déception ?

- Tu sais bien que ça n'a rien à voir avec ça. Ils t'aiment, quelles que soient tes décisions.

Elle glissa sa main dans mon dos avant de se relever, m'invitant à rejoindre le reste de la famille d'un hochement de la tête avant de disparaître à nouveau dans le couloir.

Il me fallut encore un court instant pour me décider à me relever, les yeux plongés sur le flyer que je tenais encore entre mes mains. Le temps était passé si vite depuis que l'adolescent renfermé et triste que j'avais été ne se métamorphose en cet homme si froid et si distant. C'était peut-être surprenant pour eux mais je savais parfaitement ce qu'il s'était passé... je n'avais jamais réussi à oublier.

* * *

Le dîner se déroula, comme je l'avais envisagé, plutôt bien. Personne n'osa aborder ce qu'il s'était passé des années plus tôt et mes parents, comme à l'accoutumée, se firent plutôt discrets quant à la rancœur qu'ils avaient, sans aucun doute, accumulée à mon égard durant mes années d'absence. On ne discuta pas plus de ce que j'avais loupé à Trois-Rivières que des nombreux mandats que j'avais pu obtenir et des expériences, toutes plus incroyables les unes que les autres, que j'avais vécues au-delà des murs de cette petite maison.

Ma mère me raconta ses dernières années à l'école avant la prise de sa retraite. Mon père, quant à lui, en profita pour me raconter à quel point il était fier de Vincent, cet homme qu'il avait embauché dans son entreprise alors qu'il était tout juste sorti d'études. Celui-là même qui, à bien s'y méprendre, lui avait donné la satisfaction d'avoir retrouvé l'enfant qu'il croyait avoir perdu. Il en profita également pour m'annoncer que c'était ce même Vincent qui reprendrait la succession de l'entreprise une fois qu'il partirait à la retraite et qu'il l'avait invité au traditionnel repas de Noël, étant donné qu'il en faisait désormais pratiquement partie.

Ma sœur me distribua nombre de regards compatissants pour m'encourager à ne surtout pas me montrer agacé par ce qu'il restait de non-dits durant ce repas et, lorsque vint le dessert, ce fût Mamie qui se chargea de rompre, finalement, le silence qui pesait sur mon retour.

- Que comptes-tu faire après les fêtes mon grand ?
- Maman, interrompit automatiquement ma mère en devenant rouge cramoisie.
- Quoi ? J'ai bien le droit de savoir si Thomas compte repartir sur les routes où nous faire le plaisir de nous rester un peu plus longtemps. Vous avez passé le repas à lui faire croire qu'il ne vous avait pas manqué… ce n'est pas mon cas.

Son regard soutenu me fit fondre le cœur.

Ma mère me dévisagea un court instant avant de se lever de table pour débarrasser ce qu'il restait du plat principal. Mon père se mura dans un silence pesant en plantant ses yeux dans les miens. Je me sentis pris au dépourvu, presque gêné. Rougissant légèrement, je fis de mon mieux pour lui répondre :

- Je ne sais pas encore grand-maman. Pour l'instant, je n'ai aucun mandat de prévu qui m'oblige à repartir…
- C'est une excellente nouvelle, se réjouit-elle.

Tout dépend du point de vue, eu-je envie de lui répondre avant de me contenter d'opiner légèrement du chef en souriant.

A ma réponse, ma mère nous rejoignit et je vis à son sourire que ça l'avait profondément touchée, me racontant ainsi en silence à quel point j'avais pu lui manquer. Me gratifiant d'un sourire léger, mon père n'ajouta rien jusqu'à ce que nous finîmes notre dessert.

* * *

Le feu crépitait dans la cheminée du salon lorsque je m'installai sur le fauteuil, face à la télévision. Mon père suivait en direct l'un des derniers matchs de hockey de la saison alors que ma mère, comme à son habitude, était plongée dans un énième livre qu'elle devait certainement avoir terminé pour la prochaine réunion du comité de lecture.

Charline vint se poser près de moi, déposa sa tête sur mon épaule sans dire un mot et, doucement, je me délectai de cette odeur si familière qui se dégageait de sa chevelure d'un or à faire pâlir le plus précieux des bijoux. Le silence nous embrassa délicatement alors que la télévision diffusait ces images auxquelles je n'apportais plus aucune attention. Les yeux mi-clos, je me laissai bercer par cette ambiance réconfortante qui me ramena des années en arrière, alors que je n'étais encore qu'un gamin maladroit. A l'époque, je n'avais pas idée de ce que la vie me réservait ni même de ce qui finirait, bien sûr, par me faire fuir la ville dans laquelle j'avais vu le jour.

Lorsque j'ouvris à nouveau les paupières, le match était terminé. Grand-maman était déjà montée se coucher et ma mère était en train de ranger la vaisselle dans la cuisine. Mon père avait zappé sur la chaîne d'informations locales et somnolait devant l'écran tandis que ma sœur, elle, s'était assoupie sur mon épaule. Délicatement, je me dégageai légèrement en faisant attention à ne pas la réveiller. Je rejoignis ma mère en cuisine. Lorsqu'elle sentit ma présence derrière elle, discrètement, elle dit :

- J'avais peur que tu ne viennes pas, tu sais.
- Je sais.
- Tu m'as manqué Thomas, j'espère que tu le sais.
- Bien sûr maman.

Elle se retourna et plongea son regard larmoyant dans le mien. Ses iris, d'un bleu clair, brillaient sous le faible éclairage de la hotte de ventilation. Elle renifla une première fois en essuyant brièvement une larme qui roulait sur sa joue.

- Je n'ai jamais vraiment compris pourquoi tu étais parti…

Sa phrase resta en suspend un court instant et je sus, à l'instant même où elle la prononça, qu'elle n'espérait aucune réponse de ma part… tout du moins, pas tout de suite. Elle s'avança et écarta les bras pour m'y accueillir. Je m'y blottis un court instant, fermant les yeux en reniflant son délicieux parfum aux effluves qui me rappelaient la saison de Noël.

En me dégageant, je jetai un regard vers le salon et demandai :

-       Charline ne rentre pas chez elle ?

-       Elle était bien trop excitée à l'idée de passer du temps avec toi. Elle a décidé de dormir à la maison jusqu'au jour du mariage.

-       La tradition voudrait qu'elle ne dorme ici que la veille, non ?

-       Cette tradition-là oui, mais que vaut-elle face à ton retour Thomas ?

Sans un mot, j'acquiesçai avant de quitter la cuisine.

Délicatement, je réveillai Charline et, ensemble, nous quittâmes le salon en embrassant nos parents avant de rejoindre nos chambres respectives, à l'étage. Dans un mélange curieux de souvenirs et de remords, je la regardai entrer dans la sienne en me rappelant les enfants que nous étions et à quel point il avait été difficile pour nos parents de nous séparer, à l'époque où ils avaient décidé que nous étions suffisamment grands pour dormir séparément.

Ce soir, comme à l'époque, je ressentis le besoin de lui demander :

-       Est-ce que je peux dormir avec toi ?

Elle ne fut pas vraiment étonnée par ma requête et m'invita, d'un simple sourire, à la rejoindre en silence, comme nous avions pris l'habitude de le faire. Sans un mot, je me glissai avec elle dans son lit et, toujours sans un bruit, nous nous endormîmes dans une étreinte chaleureuse.

CHAPITRE TROIS
21 décembre

Le soleil éclairait la chambre lorsque j'ouvrai les yeux, ce matin-là. Ma sœur était encore blottie contre moi alors que je me dégageai légèrement pour pouvoir m'extirper du lit sans la réveiller. Dans une ambiance calme, je jetai un coup d'œil par la fenêtre pour contempler le paysage immaculé que les chutes de neige avaient laissé derrière elles en s'arrêtant, durant la nuit. L'odeur délicieuse de la cannelle m'attira jusqu'à la cuisine, à l'étage du dessous, où je découvris ma grand-maman en pleine élaboration de ses célèbres pains d'épices.

Elle m'accueillit d'un large sourire lorsque j'entrai dans la pièce et pris place à la table.

- Tu as bien dormi mon grand ?
- Très bien, merci.
- Tu n'as pas dormi seul, n'est-ce pas ?

Je fus surpris par l'assurance avec laquelle elle venait de poser cette affirmation.

- Comment le sais-tu ?
- Tu crois que je ne l'ai jamais remarqué ? Ce manège dure depuis toujours... je me souviens encore de votre

première réaction lorsque vos parents vous ont obligé à dormir séparément.

- Ah, tu savais…

- Et je n'ai jamais rien dit, figure-toi. J'ai toujours pensé qu'il était stupide de vous séparer. Ce que vous partagez, personne n'a jamais pu le comprendre.

Elle fit glisser une tasse de chocolat chaud devant moi. Son fumet m'arracha un sourire alors que je me penchai légèrement pour renifler cette odeur si singulière.

- J'y ai glissé des épices, comme tu l'aimais autrefois.

Je levai les yeux vers ma grand-maman sans me défaire de ce sourire qui étirait mes lippes d'une oreille à une autre. J'avais oublié qu'elle habitait avec nous depuis la mort de son mari, ce qui remontait à presque deux décennies plus tôt. Mamie avat, depuis ce jour, toujours vécu chez nous. C'était elle qui préparait les meilleurs chocolats chauds et les meilleurs pains d'épices de la ville lorsque les premières neiges faisaient leur apparition.

- Tu as beaucoup manqué à ta sœur, tu sais.

- Elle m'a aussi beaucoup manqué.

- Pourquoi ne donnes-tu pas plus souvent de nouvelles ?

Dans notre famille, c'était elle la plus franche, ça l'avait toujours été. *Le privilège de l'âge,* aimait-elle nous rappeler. *Je n'ai plus le temps de prendre des pincettes,* affirmait-elle avec ce petit sourire taquin aux coins des lèvres.

Sa sincérité était parfois maladroite, lorsqu'elle abordait des sujets un peu trop intimes, par exemple, mais jamais ne nous lui en voulions. Elle était l'image même de notre famille, le lien transparent qui nous reliait les uns aux autres. C'était autour d'elle que nous nous étions toujours réunis, même dans les moments les plus sombres.

Je ne pris pas mal son attaque bien que, par réflexe, je ne pus m'empêcher de soupirer en avalant une première gorgée de ma boisson.

- Je fais de mon mieux, tu sais.
- Parfois faire de son mieux n'est pas suffisant mon grand.
- Tu n'as pas idée de ce que cette ville m'a fait.
- Tu peux lui en vouloir Tommy mais nous, nous ne sommes pas Trois-Rivières, nous sommes ta famille.
- C'est trop compliqué.
- C'est peut-être que tu ne raisonnes pas sous le bon angle.

Un simple clin d'œil pour accompagner sa dernière phrase et grand-maman disparu dans l'entrée avant d'enfiler son long manteau crème rembourré et faire claquer la porte d'entrée derrière elle, me laissant désespérément seul avec pour seule réflexion une morale à quatre sous que je n'arrivais pas à comprendre.

Dans le silence d'une maison encore endormie, j'enfilai alors mes bottes et la veste que ma mère avait sorti du grenier la veille en s'horrifiant du peu d'affaires chaudes que j'avais emportées avec moi dans mes valises, et fis tourner la clé dans la serrure en quittant la maison.

* * *

Prétendre que j'ignorais ce qui m'avait poussé à venir jusqu'à l'école secondaire Assomption aurait été bien hypocrite de ma part. A moins d'une heure à pieds de notre domicile familial, elle avait été l'établissement dans lequel j'avais suivi mes études jusqu'à ma dix-huitième année. La longue enfilade de bâtiments aux murs d'un rose pâle me rappelait des souvenirs qui, souvent, m'étouffaient jusque dans mon sommeil. Je n'y avais pas remis les pieds depuis la remise des diplômes lorsque, fièrement, j'avais annoncé à mes parents que je comptais quitter la ville pour aller étudier en France. Ce soir-là, à table, j'avais eu droit aux sermons de Nicole et Pierre Lamont qui, d'un commun accord, avaient estimé qu'il était tout bonnement hors de question que je quitte le pays sans avoir achevé une formation qui pourrait me permettre de me retourner en cas d'échec.

Les trois années qui avaient suivi mes études avaient été aussi longues que je l'avais imaginé quand, les maudissant de m'enchaîner encore à cette vie, j'étais monté me coucher. Trente-six mois plus tard, j'avais décroché un second diplôme après avoir travaillé sans relâche dans la vieille quincaillerie de mon père.

Il avait espéré ainsi me faire changer d'avis quant à mon avenir mais lorsque, du haut de mes vingt-et-un an, je lui avais rappelé la promesse qu'ils m'avaient faites, c'était l'œil déçu que mon père avait accepté de financer le billet d'avion qui devait me faire atterrir à Paris quelques jours plus tard. Le début de mon aventure professionnelle et de ce qui, avec le recul, deviendrait également l'aventure de ma vie.

- Thomas Lamont ?

L'espace d'un instant, j'eus l'impression que la vieille harpie de Sandrine Vermeil m'attendait à la porte de l'établissement, prête à me recevoir dans son bureau suite à une énième tentative d'école buissonnière.

La voix était pourtant masculine, bien trop virile pour appartenir à mon ancienne proviseure. Relevant les yeux vers les portes, quelle ne fut pas ma surprise lorsque mon regard glissa sur la silhouette parfaitement reconnaissable de celui qui, à lui tout seul, portait le poids de toutes mes blessures sur des épaules bien trop larges. Mon myocarde manqua un battement, ma respiration s'accéléra d'un coup alors que je le vis franchir le fossé qui nous séparait de quelques pas seulement. Ma mâchoire se crispa alors que mes lèvres articulèrent :

- Franklin…

Le pouvoir des mots, ça me fustigea comme si la foudre venait de me frapper de plein fouet. Incapable de faire le moindre mouvement, je restai stoïque alors que je vis l'objet de mes chimères avancer, encore et encore. Un court instant, je repris mes esprits et eus la brusque envie de prendre mes jambes à mon cou mais mon corps restait immobile, comme happé par ce qui se dressait devant lui.

Si fort et si longtemps j'avais tenu cet homme à l'écart de ma vie, de mes pensées et, si souvent, il revenait me hanter jusque dans mes rêves. Lui et toutes les promesses sous-entendues qu'il n'avait jamais tenues. Lui et cette stupide trahison qui avait réveillé en moi l'envie insatiable et douloureuse de tout quitter pour tout reconstruire, ailleurs, plus loin. J'avais mis des milliers de kilomètres entre nous dans le but d'effacer tout le mal qu'il m'avait fait.

En quelques secondes, pourtant, la blessure profonde s'ouvrit à nouveau.

-    Mon Dieu c'est bien toi ?

Il m'observa, prit le temps de me détailler de la tête aux pieds alors que, étouffé par l'étau qui resserrait ma gorge, je dévisageai cet homme qui avait nourri la plupart de mes désirs d'adolescent. Il rompit alors le peu de distance qui nous séparait encore d'un dernier pas en avant, se dressant fièrement devant moi emmitouflé dans une veste vert militaire qui épousait à la perfection ses épaules et sa taille.

Une respiration plus tard, j'étais comme devant un précipice dans lequel je menaçais de sombrer alors qu'il avança une main ferme face à moi. Machinalement – ou par politesse peut-être – je répondis à cet appel en avançant la mienne, tremblante et moite. Il la serra avec virilité sans dégager ses yeux couleur cendres des miens.

-   Tu es de retour en ville... prononça-t-il doucement sans détacher son regard.

Je restai silencieux un instant, le temps de dessiner de mes iris azurs le contour de sa mâchoire carrée, sa barbe de trois jours aux reflets dorés, ses cheveux mi-longs parsemés d'éclats d'argent. Rien n'avait changé, sinon son âge.

Et puis, brusquement, un détail me frappa de plein fouet. L'or autour de son annulaire, presque trop brillant, qui vint brûler mes rétines et frapper mon corps de plein fouet.

-   Franklin...

Je m'entendais répéter, comme hébété par le coup que je venais de prendre.

-   Oui, c'est moi mon vieux. Fidèle au poste, tu vois.

Sa voix était teintée d'une gentillesse qui allait de pair avec le sourire qu'il affichait. Il avait l'air heureux de me revoir, s'écartant sans doute de toute la culpabilité qu'il aurait dû ressentir à mon égard. Je n'en fus pas vraiment surpris. Mon départ n'avait sans doute pas affecté cet homme qui, durant toute ma scolarité, avait été tantôt mon meilleur ami et tantôt mon pire ennemi.

Un court instant de silence supplémentaire et je m'entendis alors lui dire :

-   Tu travailles ici ?

-   Affirmatif.

L'aplomb avec lequel il me répondit me laissa coi un court instant.

-   Depuis quand ?

- Depuis la fin des études. J'enseigne la gymnastique et j'entraîne l'équipe des Manchots. Tu te souviens ?

Bien sûr que je me souviens... le hockey sur glace était, à Trois-Rivières, le sport de prédilection dont toutes les sections bénéficiaient près de six mois par année. L'équipe des Manchots était l'équipe scolaire de l'établissement de l'Assomption et, comme beaucoup de mes camarades, j'avais passé les épreuves de sélections lors de mon entrée en seconde qui s'étaient soldées par un échec cuisant. Je tenais aussi bien sur des patins à glace que juché sur des talons de dix-huit centimètres. Franklin, lui, avait intégré très facilement l'équipe jusqu'à en devenir l'un des plus jeunes capitaines.

A l'époque, je l'avais imaginé quitter la ville pour devenir sportif de haut niveau. Il en avait les capacités. Je le suivais dans ses performances malgré moi, comme obsédé par ce qu'il faisait alors que tout en moi me hurlait de le haïr. J'avais suivi chacun de ses matchs alors que j'habitais encore la région, me terrant derrière la foule pour ne surtout pas qu'il puisse me voir.

Par le biais d'une connaissance commune, j'avais appris juste avant la fin de nos études secondaires que l'université de la ville lui avait offert une bourse sportive et misait beaucoup sur ce jeune talent.

- Tu n'as pas intégré l'équipe des Nordiques du Québec, alors…

C'était ce que j'avais imaginé pour lui. Je le voyais déjà au sommet de son sport comme un élément pour lequel les plus grands clubs de la région se battraient. Le retrouver ici, dans un costume de coach me surprenait très légèrement. Il rougit à ma remarque en secouant le visage.

- J'ai rencontré Elisabeth à l'université et mes plans se sont vus légèrement bousculés.

Evidemment, songeai-je alors sans le quitter des yeux.

Les scénarii avaient été nombreux le concernant mais l'or qui dansait autour de son doigt me fit comprendre qu'après l'université, il avait sans doute abandonné ses plans de carrière par amour. *Par amour,* ça m'arracha un léger soupire alors que je reculai d'un pas.

Je n'eus pas envie d'écourter cette conversation, somme toute intéressante, mais quelque chose me poussa à reculer encore d'un pas. Il le remarqua car, de son imposante carrure, il fit un pas en avant. Je levai alors brusquement une main devant moi comme pour l'empêcher de poursuivre ce petit-jeu.

- Il faut… il faut que j'y aille.

Il haussa légèrement le sourcil, comme pris par surprise.

- Tu n'as pas le temps de venir boire un verre ? Tu sais, ça fait longtemps qu'on ne s'est pas vu…

- Non. C'est gentil de proposer Franklin mais on m'attend ailleurs.

C'était faux, bien sûr, mais j'en avais déjà trop entendu. Joignant le geste à la parole, je lui fis au-revoir d'un simple signe de la main avant de me retourner et quitter les lieux les yeux brûlant d'une tristesse infinie.

* * *

A mi-chemin entre la maison et l'école, je m'arrêtai près du Parc Moulin où je pris le temps de remettre mes idées en place.

A quoi t'attendais-tu, m'insurgeai-je en essuyant du revers de la main les larmes qui roulaient déjà sur mes joues. En revenant ici, je courrai évidemment le risque de tomber sur lui. Je m'y étais préparé… du moins je l'avais espéré. Combien de nuits avais-je passé avant de prendre mon vol à me convaincre qu'il ne pouvait plus m'atteindre, que son souvenir ne pouvait plus me blesser. J'avais parcouru le monde en dansant. J'avais vécu les plus grandes aventures qu'un homme pourrait un jour se vanter d'avoir vécues. J'avais sillonné les routes européennes et américaines en suivant les plus grandes célébrités de la musique actuelles sans jamais m'arrêter de danser.

J'avais passé ces dix dernières années à me tuer à la tâche, enchaînant les mandats les uns après les autres pour ne jamais avoir à me retrouver dans cette situation. Installé sur un banc, le cul dans la neige, je ne ressentais aucune douleur sinon celles que sa présence avait réveillées en moi.

Qu'est-ce que tu espérais ? au fond, je l'ignorais encore.

Nos jeux dans la neige, nos rires et nos secrets. Ces instants où l'innocence nous réunissait dans des jeux qui n'appartenaient qu'à nous. Ce langage que nous nous étions inventé pour que personne ne puisse jamais nous comprendre, ces embrassades puériles qui me donnaient pourtant l'impression d'exister pour de vrai. Ses iris cendrées qui prolongeaient chaque instant, qui bénissaient chaque seconde.

Finalement, ses premières confidences : les filles qu'il appréciait, qu'il croyait aimer et qu'il désirait. Mes silences quand il m'avait raconté sa première fois avec des détails dont je me serais volontiers passés. Cette gêne qui avait pris le pas sur notre amitié jusqu'à cette nuit terrible où, impassible, il avait regardé ses amis me passer à tabac sans réagir.

Etranglé par la douleur qui me brûlait de l'intérieur, j'envoyai valser mes bonnes intentions et pris à nouveau le chemin de la maison, en répétant ce que j'allais dire à ma sœur quand je lui annoncerai que je n'assisterai pas à son mariage.

CHAPITRE QUATRE
21 décembre

Avant même d'avoir pu prononcer le moindre mot, ma sœur m'avait attrapé par la main et m'avait traîné jusqu'à sa voiture. Elle n'avait cessé de parler durant le trajet jusqu'à la forêt de Saint-Louis-de-France, au nord de Trois-Rivières.

Son excitation et l'éclat de ses rires me permirent néanmoins d'oublier un instant la désastreuse matinée que je venais de passer alors qu'elle gara le véhicule à l'entrée de la forêt. Ce n'était pas le fourgon familial qu'elle avait emporté mais le Pick-Up de notre père qui lui servait également de véhicule de fonction. En posant mes pieds dans la neige encore fraîche, je me surpris à sourire légèrement. Charline attrapa la hache à l'arrière de la voiture et me la tendit en riant.

    -    Qu'est-ce que tu veux que je fasse de ça ?

    -    Tu ne pensais quand même pas que j'allais faire le plus gros du travail ? Je te rappelle que je me marie dans trois jours à peine et qu'il est tout bonnement hors de question que je me blesse avec cet engin.

Elle esquissa un nouveau sourire en m'entraînant avec elle dans la forêt.

Ainsi perdus dans la nature avec pour seul écho celui des animaux qui paissaient encore les rares herbes apparaissant au-dessus de la neige, je sentis mon myocarde reprendre une vitesse normale, décrispant légèrement mes muscles à mesure que nous nous enfoncions parmi les arbres.

Le sapin de Noël était une de ces traditions familiales à laquelle nous n'échappions jamais. Plus jeunes, c'était avec mon père que nous venions jusqu'ici dans l'espoir de trouver l'arbre le plus imposant possible à décorer dans la pièce à vivre de notre maison. Je me souvins rapidement des nombreux éclats de rire qui parsemaient ce voyage itinérant au plus profond d'une forêt qui nous apparaissait presque enchantée. Papa tirait le traîneau sur lequel Charline et moi nous installions gaiement en entonnant des chants de fête qui recouvraient le silence dans lequel nous évoluions.

Charline attrapa mon bras.

- Arrête de rêvasser grand bêta, il nous faut le plus beau des sapins pour célébrer ton retour à la maison.

Elle me décrocha un clin d'œil qui me ramena à la réalité.

Mon retour à la maison, songeai-je en l'observant discrètement. Ce matin encore, j'eus le sentiment qu'il m'était impossible de rester… mais ici, dans cette atmosphère envoûtante et silencieuse, cette douleur qui m'avait transpercé lorsque j'avais remarqué la bague à son doigt semblait se faire moindre jusqu'à disparaître. Etais-je seulement prêt à avorter mon séjour ici ? *Tu lui as beaucoup manqué,* m'avait dit ma grand-maman ce matin encore en parlant de ma sœur. Quand je lui avais retourné son invitation avec la confirmation de ma participation à son mariage, elle m'avait appelé au milieu de la nuit pour me communiquer toute la joie qu'elle éprouvait à l'idée que je rentre à la maison pour l'occasion. Pendant des heures, elle m'avait parlé des préparatifs de son mariage, de la robe qu'elle devait encore aller choisir et de toute la décoration qu'elle avait déjà commandée. A des milliers de kilomètres l'un de l'autre, elle m'avait demandé mon avis sur le choix des musiques, des textes à lire pendant la cérémonie et sur le thème qu'elle avait imposé aux festivités.

Ce lien que nous partagions depuis la naissance avait repris vie le temps d'un appel qui m'avait coûté une somme astronomique mais qui m'avait également, l'espace d'un instant, réconcilié avec cette vie que j'avais abandonnée derrière moi.

- Tu rêvasses encore mon cher, me dit-elle comme pour me rappeler à l'ordre.

Un rapide sourire sur mes lèvres et voilà que je pointai un arbre du doigt au hasard. Elle fit non de la tête et m'encouragea à trouver plus grand, plus gros, plus touffu. Nous parcourûmes encore quelques centaines de mètres jusqu'à trouver notre bonheur. L'arbre faisait près de trois mètres de haut et, malgré l'épaisse neige dont il était recouvert, ses épis étaient d'un vert foncé qui brillait sous les derniers rayons du soleil. Nous réjouissant de notre trouvaille, nous avancions jusqu'à ce dernier. Charline se tint à l'écart alors qu'elle m'observa donner des coups de hache dans le tronc solide de notre prise.

Il me fallut plusieurs coups pour en venir à bout et le voir tomber à la renverse.

Nous nous arrêtâmes un instant, sa main serra la mienne à travers les gants que nous portions et puis, elle ôta le sac qu'elle portait sur le dos. Elle en sorti des cordes dont nous nous servîmes pour capturer l'arbre et le faire glisser derrière nous.

Le retour nous pris plus de temps que prévu lorsque, arrivés à une clairière, nous nous arrêtâmes devant un spectacle époustouflant. A quelques mètres à peine de nous se tenait un caribou. L'animal avait trouvé un trou dans un lac de glace pour y tremper la langue et boire un peu d'eau. Il ne broncha pas lorsqu'il nous entendit, dressant fièrement les bois tout en penchant légèrement la tête sur le côté.

Charline et moi restâmes un long moment à l'observer sans échanger le moindre mot.

Ici, la nature avait repris ses droits.

Bien loin de la folie de mes aventures new-yorkaises ou parisiennes, ici, je retrouvai le calme apaisant d'une nature qui régnait en maître. L'animal ne craignait pas notre présence, bien au contraire, semblant même nous adresser un mince sourire lorsqu'il pencha à nouveau la tête pour boire à grandes lapées.

* * *

J'eus toute la peine du monde à attacher le sapin à l'arrière du véhicule lorsque nous arrivâmes à l'orée de la forêt, où nous nous étions garés plus tôt. Charline se moqua de moi lorsque je glissai sur une plaque de verglas et me retrouvai les quatre fers en l'air. Nous échangeâmes quelques rires alors que, dans un vieux réflexe, je lui courus après pour la faire tomber à son tour. Retrouvant notre complicité d'enfants, nous prîmes ensuite la route en direction du centre-ville où Charline devait retrouver une amie pour récupérer les menus du mariage.

Durant le trajet, elle me raconta sa rencontre avec Paul Bouchard, leur idylle naissante sur les bancs de l'université jusqu'à sa demande en mariage surprise, l'année dernière. Elle m'expliqua les voyages qu'ils avaient faits et l'ouverture de son magasin de fleurs, dans le centre. Elle en profita également pour me parler de leurs nombreux projets d'avenir, de la maison qu'ils comptaient acheter près de celle de mes parents et de cet enfant dont ils rêvaient. Je me surpris à lui demander plus de détails encore sur ses activités et ses loisirs et appris, à ma plus grande surprise, qu'elle avait acheté la collection complète de tous les concerts dans lesquels j'avais eu la chance de danser ces dix dernières années. C'est ainsi que j'avais découvert que Charline avait toujours gardé un œil sur moi, même de si loin. Je sentis alors s'accroître le sentiment de culpabilité qui me rongeait depuis que j'avais posé un pied en ville et décidai, également, de prolonger mon séjour pour profiter de ma famille et ne pas faillir à ma promesse.

* * *

Nous fûmes les premiers arrivés au Trèfle, un pub irlandais qui devait sa renommée à son atmosphère toute particulière et conviviale. Assis dans un box, nous commandions nos boissons lorsque la porte s'ouvrit sur la meilleure amie de ma sœur. Cette dernière, enveloppée dans une longue parka rouge pâle adressa un sourire ravi à Charline alors qu'elle s'avança jusqu'à nous. Ma sœur se redressa, l'embrassa chaleureusement avant de se tourner vers moi pour me la présenter :

-       Thomas, je te présente Elisabeth Tremblay. 'Lise, je te présente mon frère, Thomas.

Il y eu un court instant de silence durant lequel mes yeux glissèrent dans les iris foncées de la jeune femme qui nous faisait désormais face.

Elisabeth Tremblay… comme… je n'allais pas au bout de ma réflexion, le cœur serré dans ma poitrine. L'anneau au quatrième doigt de sa main vint confirmer le pire scénario qui se dessinait déjà dans mon esprit alors que la jeune femme m'adressait un signe de la main chaleureux.

-       Je suis si contente de faire enfin ta connaissance Thomas. Ta sœur m'a beaucoup parlé de toi, sans compter toutes les heures qu'elle m'a fait passer à regarder les spectacles auxquels tu as participé. J'ai presque l'impression de t'avoir toujours connu.

Tout dans son attitude me laissa penser qu'elle était débordante d'une sincère sympathie à mon égard : le sourire qu'elle m'adressait, la bise qu'elle déposait sur ma joue endolorie et le regard qu'elle posait sur moi. J'aurai voulu m'enterrer si profondément dans la terre qu'à cet instant précis, je fus incapable de lui répondre quoi que ce soit.

Ma sœur remarqua mon silence et m'en fit le reproche d'un simple coup d'œil.

- Désolé… finis-je par prononcer en plongeant mes yeux dans ceux d'Elisabeth. Je suis content de te rencontrer, moi aussi. Charline n'arrête pas de me parler de toi depuis que nous avons pris la voiture toute à l'heure.

Elle omit sans aucun doute de me préciser que sa meilleure amie était également la femme de Franklin Tremblay.

- Tu as les menus ? demanda ma sœur.
- Oui, ils sont dans mon sac.

Elle se pencha légèrement sous la table pour attraper dans sa serviette les documents que ma sœur attendait avec impatience. Elle en glissa un exemplaire sur la table et Charline ne put s'empêcher de retenir une exclamation ravie. Le ton violet employé pour la rédaction sur le blanc crème du papier légèrement cartonné donnait un rendu délicat et savamment harmonieux. Les fleurs qui tombaient en cascade de chaque côté du menu était en concordance avec le thème florale de la cérémonie. Il y avait même, au sommet de la feuille, une photo de l'heureux couple en filigrane, apportant au tout une touche plus personnelle encore.

Charline l'examina sous toutes les coutures, me le glissa même sous les yeux pour que je puisse lui donner mon avis. Sans contradiction aucune, je lui affirmai que c'était parfaitement accordé au reste de sa décoration et que les gens ne sauraient que tarir d'éloges concernant la conception des menus qui étaient aussi distingués qu'élégants.

Elisabeth m'écouta attentivement avant de sourire gaiement, visiblement touchée par mes propos. Charline se sentit obligée de préciser :

- C'est 'Lise qui les a confectionnés. Elle tient une papeterie dans le centre de Trois-Rivières, à quelques pâtés de maison de ma boutique. Elle est graphiste également à ses heures perdues. C'est elle qui a redessiné le logo de l'équipe des Manchots.

Comme un second rappel à mes illusions perdues.

- C'est elle qui a créé le logo de mon magasin de fleurs. C'est comme ça que nous nous sommes rencontrées d'ailleurs.

Comme toujours, Charline se perdait dans ses explications. Elle aimait parler, c'était la différence fondamentale de nos deux caractères pourtant similaires par bien des aspects. J'étais toujours resté plus discret sur ma vie privée, me confiant rarement aux autres.

Captivée par ses propres explications, ma sœur ne remarqua pas un seul instant le regard que nous échangions, Elisabeth et moi. Quelque chose au fond de ses yeux me laissait penser qu'elle me connaissait également par le biais de quelqu'un d'autre. Une certaine méfiance se dessinait dans son regard, à mon égard, comme si elle connaissait l'envers du décor, cette raison qui m'avait poussé, des années plus tôt, à quitter la ville et abandonner Charline.

* * *

Après avoir partagé un verre tous les trois, Elisabeth se releva et s'excusa de ne pouvoir prolonger le moment tout en distribuant baisers et sourire à notre attention. Pour mon plus grand bonheur, je la vis disparaître aussi vite qu'elle n'était arrivée. Charline ne manqua pas de me bousculer de l'épaule à peine son amie fut-elle partie.

-    Tu aurais pu être plus gentil avec elle.

-    De quoi tu parles ?

-    Je te connais par cœur Tommy. Le regard que tu lui as lancé quand je te l'ai présentée voulait tout dire. Tu la connais, c'est ça ?

Non seulement Trois-Rivières connaissait le charme bucolique des villages mais avait également cette particularité d'être un cercle restreint de gens qui, peu importe l'âge ou l'éducation, se connaissaient tous plus ou moins. Ainsi, j'avais connu pendant mes années d'étude le prêtre Rambert qui vivait à l'opposé de la ville sans même jamais l'avoir croisé.

- Absolument pas, me défendis-je malgré moi.
- Alors pourquoi tu l'as toisée comme ça ?
- Je ne l'ai pas toisée.
- Tu l'as dévisagée.
- Arrête de dire des bêtises s'il te plait.
- Tu me caches quelque chose Thomas Lamont.

C'était ainsi que m'appelait ma sœur lorsqu'elle s'apprêtait à me faire un sermon. Bien décidé à y couper court pour ne pas avoir à me sentir plus coupable que je ne pouvais déjà l'être, je me levai et filai directement au comptoir régler nos consommations.

Sur le chemin du retour, ni elle ni moi ne décrochâmes un mot.

Dehors, la nuit commençait déjà à plonger la ville dans un décor ubuesque de lumières et de décorations en tout genre. Cette période de l'année avait toujours été l'occasion pour la ville de se parer de ses plus belles tenues, laissant ses citoyens la couvrir de lampions, de pères-noël, de crèches, de guirlandes illuminées et d'étoiles scintillantes.

Les yeux perdus par la fenêtre de la voiture, j'observai le défilé improbable de ces maisons toutes plus extravagantes les unes que les autres en esquissant un léger sourire. La période des fêtes de Noël était toujours suspendue dans le temps, comme prise au piège entre deux instants. L'année qui s'achevait et la nouvelle qui s'apprêtait à débuter.

Lorsque nous arrivâmes devant la demeure, notre père nous accueillit avec un large sourire en détachant l'arbre qui reposait à l'arrière.

- Sacrée prise, dit-il fièrement.

Charline ne répondit rien, se contentant de disparaître dans la maison. Mon père me regarda bizarrement.

- Qu'est-ce qu'il s'est passé ?

- Rien, me protégeai-je. Tu connais Charline, ça lui passera avec un verre de vin chaud.

- Sans doute, me dit-il en trainant l'énorme sapin derrière lui jusqu'à l'entrée.

- Au fait papa, tu sais si les voisins ont toujours leur chien ?

La question parut le surprendre avant qu'un vieux souvenir ne se dessine dans son regard.

- Ne me dis pas que tu veux aller te balader avec lui comme tu le faisais autrefois ?

- Pourquoi pas…

Il se tut un court instant.

A l'époque déjà, Buddy – le labrador de Mme Sullivan – me servait d'excuse lorsque je ressentais le besoin d'échapper quelques instants à ma famille. S'ils n'avaient jamais semblé s'en rendre compte, quelque chose dans la façon dont mon père me couva de son regard me fit penser qu'ils n'avaient jamais vraiment été dupes.

- Mme Sullivan sera ravie de te revoir. Ne rentre pas trop tard, ta grand-maman s'est mise en tête de nous préparer sa spécialité.

Une accolade virile, un clin d'œil et voilà que je l'abandonnai déjà sur le perron.

CHAPITRE CINQ
21 décembre

Mme Sullivan fut en effet étonnamment heureuse de me revoir. Après m'avoir assailli de toutes les questions du monde, elle me tendit finalement la laisse de Buddy qui, lui aussi, ne put s'empêcher de me faire la fête.

Après quelques minutes de marche, je débarquai donc à l'orée d'une petite forêt au nord du parc Roger Guibault dans laquelle j'avais pris mes habitudes autrefois. J'y venais régulièrement, lorsque la nuit tombait, pour y balader le jeune chien qui, dix ans plus tard, n'avait pas perdu de sa vigueur. Gambadant devant moi, il s'enfonçait dans la poudreuse en reniflant tout ce qu'il pouvait. Je l'observai d'un œil amusé alors que j'attrapai un premier bâton pour le lui lancer.

Enfant, je venais ici pour me perdre dans mes pensées.

Oublier un peu l'effervescence de ma famille jamais avare de mots et de dynamisme. Quand je me perdais dans mes réflexions, j'attrapai alors régulièrement ma veste pour partir et quitter le brouhaha de ma mère et sa propre mère qui débattaient régulièrement sur les dernières décisions de la mairie et tout un tas d'autre sujet. Le bruit m'effrayait, ce qui pouvait paraître ironique lorsqu'on savait à quel point j'aimais le capharnaüm qui régnait en concert. Sur scène, j'étais transcendé par la musique. Le seul moyen qui m'avait jamais permis de m'évader d'ici, de franchir la barrière de mes souvenirs pour m'en forger de nouveaux.

A l'orée du bois, j'eus un court instant d'hésitation en voyant les arbres briller dans la nuit. Sous le faible éclairage de la lune, la neige demeurait scintillante et vierge de tout. J'eus pourtant l'étrange sensation qu'on m'épiait. Avec l'âge, j'étais devenu moins téméraire. En fréquentant les grandes villes, j'avais troqué l'insouciance de Trois-Rivières pour une certaine appréhension à me retrouver seul dans le noir.

Je sortis le paquet de cigarettes de la poche de ma parka en me maudissant d'avoir craqué, plus tôt dans la journée, à une addiction qui m'avait quitté en même temps que j'abandonnais la ville derrière moi. Le cœur lourd, j'allumai cette première cigarette en toussant, me remémorant ce goût affect et désagréable qui râpait ma gorge alors que j'essuyai mes premiers échecs de fumeur.

Les premiers arbres s'effacèrent en même temps que mes angoisses. Mon rythme cardiaque se cala sur le rythme lent avec lequel j'évoluai dans la neige de plus en plus profonde. Buddy continuait de courir après les bouts de bois que je m'évertuai à lui envoyer lorsqu'un bruit attira mon attention. Je plissai légèrement des yeux pour trouver son origine mais seule la solitude me répondit d'un silence presque étouffant. Tirant une seconde fois sur ma cigarette, je me laissai aller à revivre le film de cette journée catastrophique. Tout avait commencé avec lui… *à cause de lui,* pensai-je en lâchant un premier juron. C'était le revoir qui avait tout bouleversé, une nouvelle fois. Comme à l'époque, son emprise sur moi n'avait eu d'effet que de m'enfoncer un peu plus dans cette souffrance que je croyais avoir fait taire avec les années. *Rien n'a changé,* me dis-je en manquant de perdre une chaussure dans la neige. A l'image de cette ville, de ma famille et de tout ce qui les accompagnait, rien n'avait jamais changé.

Buddy jappa.

Mon sang se glaça automatiquement. Sur place, je m'arrêtai net. Je plissai à nouveau les yeux alors que le chien revint vers moi au pas de course, comme pour me protéger. Il jappa une seconde fois, brisant le silence environnant. Mon ventre se tordit très faiblement et, légèrement tremblant, je fis un pas en arrière lorsque Buddy se mit à courir droit devant moi, disparaissant dans le noir épais de la nuit.

Merde, m'insurgeai-je. Je ne pouvais décemment pas rentrer à la maison sans le chien de Mme Sullivan.

- Buddy ? tentai-je à mi-voix. Buddy, répétai-je plus fort, cette fois.

Pour seule réponse, un nouveau jappement.

Putain, jurai-je pour moi-même alors que j'écrasai la cigarette dans le blanc immaculé de la neige avant de la déposer à l'intérieur de ma poche. *Où est-ce qu'il est parti cet abruti de chien ?* me demandai-je en avançant d'un pas.

Prenant mon courage à deux mains, je m'enfonçai dans la forêt en répétant le prénom du labrador à maintes reprises lorsqu'une voix brisa le silence.

- Il est ici.

Putain, jurai-je à nouveau en reconnaissant la voix qui venait de me répondre. M'aventurant un peu plus dans la forêt, il ne me fallu que quelques instants pour que sa silhouette se dessine dans l'ombre, Buddy remuant de la queue en jouant près de lui.

Il glissa son regard dans le mien, tout aussi surpris que moi.

- Thomas ?
- Qu'est-ce que tu fiches ici Franklin ? ne pus-je m'empêcher de lui lancer, agacé.
- Je n'habite pas très loin figure-toi.

Cette réponse me laissa pantois. M'approchant un peu plus, je remarquai qu'il tenait, au bout de sa laisse, un petit chien emmitouflé dans un gilet bleu et beige. Buddy semblait s'en être fait un copain alors que Franklin se pencha en avant pour libérer le petit molosse.

- Tu as un chien ? lui demandai-je, surprise.
- Je te présente Pénélope.

Le prénom singulier du chien m'arracha un léger rire. Il haussa les épaules en souriant pleinement, ses dents blanches faisant écho au scintillement de la neige environnante.

- Ce prénom fait toujours son petit effet.

-   Ce n'est pas très commun pour un chien.

-   C'est ce qui nous plaisait.

Le *nous* en question me glaça le sang, instinctivement. Je m'arrêtai net dans mon avancée. Il le remarqua aussitôt, sans se départir de son sourire.

-   Pourquoi tu grinces des dents dès que je te parle d'elle ?

Il l'avait donc remarqué ? Ma main droite remonta à ma tempe et la massa très légèrement, un geste dont j'avais l'habitude lorsqu'une migraine s'annonçait. Ravalant ma fierté, je pris le parti de lui répondre :

-   Je ne sais pas, peut-être parce qu'à l'époque, je ne t'imaginais pas marié.

-   Et tu m'imaginais comment ?

Avec moi, heureux et épanoui, m'interdis-je de lui répondre. Au lieu de quoi, je gardai le silence.

-   Tu m'en veux encore je suppose ?

-   T'en vouloir pourquoi ?

-   Je ne sais pas… tu as arrêté de me parler du jour au lendemain, je n'ai jamais compris ce que j'avais pu te faire pour mériter tes reproches.

-   Je n'ai pas envie d'en parler.

Moi je n'avais jamais réussi à oublier. Le goût du sang dans la bouche, celui qui coulait abondamment de cette lèvre fendue par l'un de ses copains alors qu'ils étaient deux à me tenir. Je n'avais jamais oublié le regard que Franklin avait posé sur moi lorsque ses amis s'étaient avancés vers moi en m'insultant de tous les noms. Ni celui qu'il ne m'avait jamais offert quand ils étaient repartis, tous les quatre, me laissant pratiquement mort dans la neige.

- Je n'y étais pour rien.

- Je n'ai pas envie d'en parler, lui répétai-je en avançant légèrement courbé pour récupérer Buddy.

Sans calculer mon interlocuteur, j'attrapai finalement le labrador par le collier et l'attachai à la laisse dans l'espoir de faire marche arrière et déguerpir d'ici vite-fait. Malheureusement, à peine eus-je le temps de me redresser que Franklin m'avait attrapé par l'avant-bras.

- Parle-moi Tom', s'il te plait.

Tom, c'était ainsi qu'il m'appelait quand nous étions gosses. Un surnom que plus personne après lui n'avait jamais eu le droit de prononcer. Tom, c'était son appellation, c'était notre intimité. Depuis, à chaque fois qu'on essayait de m'affubler de ce sobriquet, mon sang ne faisait qu'un tour.

Je levai mon regard pour le plonger dans le sien.

- J'ai rencontré ta femme cet après-midi.

Cette simple affirmation eu pour effet de le faire lâcher sa prise. Il toussa, visiblement mal à l'aise.

- Figure-toi qu'elle est la meilleure amie de Charline et, par voie de conséquence, sa demoiselle d'honneur. Je suppose que tu le savais déjà, n'est-ce pas ?

- Oui.

- Et tu n'as pas jugé bon de me prévenir ce matin ?

- A quel moment ? Tu es parti si vite…

- Laisse tomber.

Si mes yeux pouvaient jeter des éclairs, c'était le moment où jamais. Si la foudre pouvait s'abattre, c'était maintenant qu'il fallait qu'elle frappe.

- Laisse-moi au moins une chance de me rattraper.
- Qu'est-ce que tu veux rattraper ? Tu as fait ton choix il y a des années de ça.
- Tu sais que c'est plus compliqué que ça.
- Pourquoi ?

Il ne répondit rien. Je m'en chargeai à sa place.

- Pour intégrer les Manchots, il a fallu prouver à tout le monde ta virilité. Un rite de passage comme un autre. C'était bien plus simple de les laisser s'en prendre à moi plutôt que d'intervenir, ta réputation était en jeu. Qui pourrait t'en vouloir d'avoir réagi comme n'importe quel homme touché dans sa virilité ?
- Ça n'a rien à voir avec ça.
- Alors quoi ? Tu étais la seule personne au courant de mon orientation. Tu étais l'unique gardien de ce secret-là, tu m'avais promis de ne jamais rien dire avant que je ne me sente prêt à le faire.
- C'est ce que j'ai fait.
- Faux !
- Tom… tenta-t-il en avançant sa main vers moi.
- Pire encore, lui répondis-je en reculant d'un pas supplémentaire. Tu avais promis de me protéger si jamais l'étroitesse d'esprit de nos camarades d'école les poussait à

agir avec moi comme dans ces articles qui parlaient d'agressions homophobes. Tu avais juré que ça ne m'arriverait jamais.

-   Je…

-   Il n'y a plus rien à dire, rien qui puisse justifier tout ça et rien qui puisse rattraper le mal que tu as fait.

Il garda le silence, ne sachant sans doute pas quoi répondre à la virulence de mes propos. Quelle ne fut pas ma surprise de goûter au sel de mes larmes lorsqu'elles atteignirent ma bouche. Dégoûté par tous ces souvenirs qui remontaient à la surface, je fis un nouveau pas en arrière en entraînant Buddy à ma suite. Il était hors de question que je reste ici une minute de plus, à subir le regard appuyé d'un homme que j'avais désiré avec autant d'ardeur et détesté bien plus encore quand, seul, il m'avait abandonné sans se soucier un instant des conséquences qu'aurait son geste.

Il mima un geste pour me retenir.

Je levai une main, l'interrompant net dans cette envie qui me paraissait légèrement maladroite. Reculant d'un pas, je lui jetai un dernier regard avant de tourner les talons et disparaître à nouveau dans le noir, sanglotant comme l'adolescent que je n'avais jamais cessé d'être.

* * *

En poussant la porte de la demeure, les joues rougies par le froid, je reniflai une dernière fois pour masquer ma peine en retrouvant, attablés, ma famille dans son intégralité. Sans un mot, je les rejoignis, pris place près de Charline qui m'adressa un faible sourire alors que ma mère s'empressa de remplir mon assiette.

Dans un silence pesant, je m'attaquai à mon repas sans desserrer la mâchoire. Je n'avais qu'une seule envie : *rentrer chez moi, quitter cet endroit,* mais quelque chose semblait encore me retenir ici, comme s'il fallait que je fasse taire tout ce vacarme et ne me concentre que sur le mariage à venir. Grand-maman m'adressa un léger sourire à la fin du repas pour me faire comprendre, à sa manière, qu'elle m'apportait tout son soutien pour le mal qui me rongeait et dont mon silence lui avait parlé.

A l'étage, je m'appuyai à la porte de la chambre de Charline, moins sûr encore qu'elle désire partager son lit avec moi après notre altercation en fin d'après-midi. Après un court instant à hésiter, la porte s'ouvrit finalement sur son visage. Elle attrapa ma main et m'entraîna avec elle sans un mot.

Allongé près d'elle, au beau milieu d'une nuit sans étoiles, je me laissai emporter par un sanglot silencieux.

Elle fit mine de ne pas m'entendre.

Elle fit mine de dormir.

Mais le bras qu'elle glisse par-dessus mon corps et la puissance de son étreinte me fit comprendre qu'à sa manière, elle m'apportait tout le réconfort dont j'avais besoin.

CHAPITRE SIX
22 décembre

Le calendrier électronique de mon téléphone portable annonçait la date du 22 décembre lorsque j'ouvris les yeux, ce matin-là. Charline était assise au bord du lit, tremblant d'excitation lorsqu'elle me vit enfin émerger.

- Salut toi, me dit-elle en m'adressant un large sourire.
- Salut, lui répondis-je encore endormi.
- Réveille-toi grand nigaud, on a rendez-vous dans une heure et demie à la boutique de Carla.

Il me fallut quelques instants pour comprendre l'objet de sa requête, me rappelant brièvement avoir entendu ce nom la veille alors que nous rentrions de la forêt. Lorsque mon esprit se réveilla finalement, je me précipitai hors du lit en me confondant d'excuses. Elle éclata de rire en me laissant disparaître déjà dans la salle de bains.

Sous la douche, je pris une longue inspiration.

Ma nuit avait été envahie de cauchemars dont je croyais pourtant m'être débarrassé. Le cœur à fleur de peau, j'avais eu le déplaisir de voir Franklin réapparaître dans mes songes, m'accompagnant jusque dans l'inconscient. J'avais rêvé de sa peau, de ses lèvres, de son corps cambré contre le mien avant que le désir ne laisse place à la désillusion lorsque l'image s'était évaporée pour me renvoyer directement à cette terrible soirée où, amoché et sanguinolant, j'étais rentré à la maison et m'étais réfugié dans ma chambre jusqu'au lendemain en priant pour que les hématomes disparaissent dans l'ombre d'une nuit sans sommeil.

Doucement, je laissai mon corps émerger.

La nuit avait été longue, l'eau chaude vint détendre l'épiderme, jusqu'à réduire légèrement la tension qui régnait encore dans mes muscles endoloris de s'être trop crispés durant mon sommeil. Je pris le temps de remettre de l'ordre dans mes pensées en priant très discrètement pour que mon chemin ne recroise jamais le sien, le temps qu'il restait à mon séjour en ville. Malheureusement, avec sa femme comme demoiselle d'honneur pour le mariage de ma sœur, j'étais presque sûr de le retrouver le jour de la cérémonie. Jusque-là, je ferai mon possible pour ne pas quitter la maison et rester à l'abri de son regard envoûtant.

- Tu comptes vider le ballon d'eau chaude ? hurla Charline à travers la porte.

Me ramenant à la réalité, j'éteignis le jet d'eau et quittai la douche. Dans le miroir, je pris le temps d'observer mon corps longiligne, certes, mais musclé et parfaitement dessiné. La ligne légère de mes abdominaux en reliefs sous les perles d'eau qui suintaient encore sur mon torse. Les cheveux longs et clairs, la mâchoire fine et les lèvres légèrement charnues. J'étais un bel homme, bien sûr. Le genre d'homme sur lequel on se retournait parfois, à qui on offrait peut-être un verre et un rien d'attention. J'avais cherché la compagnie des hommes pour combler le silence de certaines nuits mais jamais, depuis que j'avais quitté Trois-Rivières, je n'avais rencontré quelqu'un susceptible de me donner envie de me poser.

Ramenant mes cheveux en un chignon à l'arrière de ma tête, j'enfilai un large pull en laine ainsi qu'un pantalon cargo sombre. En sortant de la salle de bains, je retrouvai Charline qui, tapotant du pied au sol, attendait patiemment son tour. Après un rapide ébouriffage de cheveux et une accolade complice, je lui cédai ma place en dévalant les marches jusqu'à la cuisine où je retrouvai ma mère, mon père et ma grand-maman.

Durant notre petit-déjeuner, notre mère nous expliqua qu'elle comptait aller acheter aujourd'hui les dernières décorations de Noël pour la maison tandis que notre père nous proposa de nous conduire au centre-ville puisqu'il devait aller s'assurer que la salle de réception était prête à recevoir les invités. L'excitation qui planait au-dessus de la table familiale était palpable, chacun y allait de son petit commentaire au sujet du mariage à venir et chacun y allait de son petit conseil. Ma sœur, à ma gauche, me semblait de plus en plus tendue comme si l'approche de la date fatidique lui donnait l'impression de sauter dans le vide sans parachute. Une légère pression sur sa cuisse, sous la table, eut raison de ses appréhensions en un rien de temps. Sans un mot, elle avait compris tous mes encouragements et s'était brusquement montrée plus enthousiaste à l'idée d'aller choisir, enfin, la robe qu'elle comptait porter dans deux jours.

* * *

La boutique de Carla était à quelques mètres seulement de la boutique de Charline. C'était le propre de Trois-Rivières. Tout était à proximité de tout, rendant les déplacements bien plus faciles, surtout lorsque les premières neiges tombaient. Dans la boutique, nous fûmes reçues par la patronne elle-même, une femme d'une trentaine d'années qui avait roulé sa bosse aux quatre coins du Canada dans les foires de mariage et qui avait monté sa petite entreprise toute seule. Elle nous raconta son histoire, se perdant dans des détails d'une futilité sans fin quant à la création de cette boutique dont elle était, à en juger par son enthousiasme, très fière.

La cloche sonna et, en même temps, Charline et moi tournèrent la tête pour voir apparaître Elisabeth. Elle ôta sa longue parka et dévoila un ensemble très distingué dans des tons crème. Elle s'avança jusqu'à nous, nous adressa un sourire chaleureux avant de nous offrir une accolade sympathique.

Charline décida qu'il était temps de passer aux essayages, nous abandonnant tous les deux sur les fauteuils prévus à cet effet. Assis à côté de *la femme de Franklin,* notre discussion de la veille se mit à tourner en boucle dans mon esprit. Incapable de me concentrer, je fis de mon mieux pour ne rien laisser transparaître afin que ma voisine de fauteuil ne se doute pas un seul instant du maelström qui sévissait à l'intérieur de mon crâne.

A m'en donner la migraine, instinctivement, je remontai la main vers ma tempe et la massai délicatement.

- Tout va bien ?

Elisabeth avait aperçu mon geste.

- Oui… une migraine c'est tout.

Elle ne dit rien de plus mais à sa manière de m'observer, j'avais compris qu'elle se doutait bien que quelque chose de plus important me tracassait. J'avais honte, c'est vrai, d'être assis si près d'elle. De la connaître à peine et de la détester à ce point, comme si je la portais responsable de tout ce qu'il me manquait, de tout ce que je n'avais jamais pu avoir.

Un court instant de silence nous enveloppa lorsque ma sœur franchit le rideau de la cabine d'essayage. Sa première robe me souffla littéralement. Un décolleté plongeant, un corset épousant à la perfection sa taille fine, des détails en dentelles qui s'harmonisaient à la perfection avec le tissu plus épais et plus bouffant de la robe qui tombait en une espèce de grosse meringue de chaque côté de ses hanches. Elle avait coiffé ses cheveux en chignon pour dégager ses épaules, nous laissant ainsi l'occasion de l'admirer dans ce vêtement d'une beauté étincelante. Je me levai pour m'approcher d'elle, lui tourner autour et observer plus encore tous les détails qui, de près, donnaient l'impression d'avoir été déposés à même le corps de Charline. Elle sembla émue, un instant, en se regardant dans la glace.

Elisabeth se redressa à son tour, s'extasia devant la beauté pure de la robe qui donnait l'impression de voler tout autour des jambes de ma sœur lorsque cette dernière se déplaça légèrement. Le rendu était propre, distingué et d'une élégance rarement égalée.

- Tu es magnifique Cha', l'entendis-je prononcer en soulevant légèrement les pans de la robe.

- Vraiment ? s'étonna ma sœur, la voix tremblante.

- Vraiment, confirmai-je alors.

Carla intervint alors en nous expliquant qu'il s'agissait ici d'un des modèles les plus vendus ces dernières années. *La robe empire,* comme elle l'appelait, *était un must dans les mariages, une sorte de robe traditionnelle.*

Son nom était par ailleurs parfaitement choisi pour une robe qui donnait une allure si majestueuse à celle qui la portait. Je souris en coin, revenant m'assoir sur le fauteuil sans pouvoir détacher mes yeux de Charline. J'étais heureux d'être ici, heureux de partager cet instant avec elle. Ils étaient précieux ces moments. Ils étaient rares. Aussi, je me fis la promesse de savoir m'en délecter tout en abandonnant mes vieilles blessures à la porte de la boutique. *Oui, je devais me concentrer sur elle,* après tout, c'était son jour… le plus important de sa vie de jeune femme.

Une larme se nicha au coin de mon regard.

Il m'était difficilement imaginable de me rendre compte à quel point ma sœur avait grandi depuis la dernière fois que nous nous étions vus. Elle était devenue, le temps d'un battement de paupière, une jeune femme épanouie, intelligente, d'une sensibilité toute singulière et une redoutable entrepreneuse.

L'admiration que je ressentis à cet instant précis n'était pas simulée.

Que dire alors de cette pointe de jalousie qui me serra la gorge ? Cette impression malvenue de l'envier pour son bonheur quand je n'avais fait que le fuir depuis que j'avais quitté la ville ? *Moi aussi, je le veux ce bonheur,* mais à quels risques étais-je prêt, finalement ?

- Je vais essayer la seconde, s'exprima Charline, coupant court à mes pensées.

Elle disparut à nouveau derrière le rideau.

Un long moment, Elisabeth resta debout à attendre sa venue, jouant nerveusement avec ses doigts sans dire un mot. Je l'observai alors, sous toutes les coutures, me demandant ce qu'il pouvait aimer chez elle qu'il n'aimerait sans doute jamais chez moi. *Elle était belle,* c'est vrai. Une femme élégante à la peau légèrement bronzée. Elle avait de l'allure, débordait d'une sympathie que je trouvais étrange quoi qu'agréable. Elle souriait tout le temps, comme si elle se faisait un devoir de donner l'impression qu'elle allait bien.

-   Je te connais depuis longtemps, Thomas, me dit-elle subitement.

-   Ah… ah bon ?

Elle choisit cet instant pour s'approcher de moi. Quelques pas qui me laissèrent de marbre pourtant. Je n'avais pas peur d'elle, pas autant que je pouvais le redouter lui.

-   Oui…

-   Qu'est-ce que ça veut dire ?

-   Franklin m'a souvent parlé de toi.

Elle s'arrêta net dans cette phrase lorsque ma sœur réapparut derrière elle. Elle fit volte-face, me laissant pantois avec toutes les interrogations que soulevaient cette simple affirmation. *Franklin m'a parlé de toi,* avait-elle dit une once de tristesse dans la voix – tout du moins, avais-je cru le percevoir. Était-ce encore une de ces hallucinations dont je voulais me convaincre pour continuer à croire qu'il pensait à moi ?

Cette question resta en suspend quand je détournai le regard pour le porter sur ma sœur. Cette fois, la robe était différente. Le tissu était beaucoup plus fin. Des bretelles serties de dentelles tombaient sur ses épaules découvertes. Le décolleté était plus discret mais parfaitement marqué pour laisser entrevoir le grain de beauté qui avait toujours existé entre ses deux seins, comme sur ma poitrine. La robe, d'un blanc cassé, glissait le long de sa silhouette tout en épousant parfaitement le tour de ses hanches, resserrant son étreinte autour de ses jambes pour venir finalement s'évaser au niveau de ses chevilles, retombant en un drapé harmonieux au sol, comme la neige qui se pose.

Je me levai, le palpitant qui cognait fort contre ma poitrine, observant avec quelle allure ma sœur se déplaçait dans ce nouvel ensemble qui semblait avoir été dessiné pour elle. Carla intervint à nouveau pour nous expliquer son concept. *Une robe sirène,* dit-elle en souriant, *les détails en dentelles sont légers mais élégants. Chacune des perles qui dessine la silhouette a été cousue sur la robe individuellement.* En effet, ces dernières commençaient au niveau de la bretelle droite et descendaient en sorte de vague le long de la robe jusqu'au niveau de la taille. Le rendu était exceptionnellement beau.

- Elle est splendide, s'exclama Elisabeth.
- C'est la bonne, m'entendis-je dire en relevant les yeux vers ma sœur.

Il existait entre nous ce lien tacite qui nous permettait de communiquer sans avoir jamais besoin de prendre la parole. Le regard qu'elle me lança me fit comprendre que nous partagions mon avis et mon cœur se remplit d'une joie que je peinais à camoufler. Elle se frotta les mains en s'observant, laissant alors l'émotion la rattraper.

Je m'approchai d'elle, me tenant alors juste à ses côtés.

Nous nous lançâmes un regard dans la glace et ne pûmes réprimer le sanglot qui nous étreignit. Elle posa sa tête sur mon épaule et, l'espace d'un instant, le monde tout autour de nous disparu. J'étais ici en sa seule compagnie. Le temps nous avait manqué mais jamais notre amour ne s'était vraiment estompé. Je l'avais emporté dans chacun de mes voyages, comme on emporte une boussole. Nous avions changé, grandi et muri chacun de notre côté sans jamais oublier les enfants que nous avions été et que nous resterions à jamais. La voir ainsi habillée me fit prendre conscience également que j'avais peut-être bien failli à mon rôle de frère lorsque j'avais décidé de partir.

Finalement, Charline se dégagea et essuya ses yeux larmoyants. Elle m'adressa un sourire et se tourna ensuite vers Carla. Elle confirma l'achat de la robe et parti se changer à nouveau dans la cabine. Je me retrouvai à nouveau seul avec Elisabeth, prêt à reprendre la conversation où nous l'avions laissé, un peu plus tôt. Malheureusement, cette dernière dut percevoir mes interrogations et recula d'un pas, attrapa son sac et sa parka avant de se dresser derrière le rideau.

- Je vais y aller Charline, j'ai des rendez-vous importants cet après-midi.

- D'accord. On se retrouve toujours à vingt-et-une heure ?

- Oui, oui.

Timidement, elle m'adressa un regard et articula un faible *au-revoir* avant de disparaître dans la rue sans que je n'aie eu le temps de lui demander quoi que ce soit. Quand Charline réapparut derrière moi, je lui demandai :

- Qu'est-ce qu'il y a ce soir ?

- Mon enterrement de vie de jeune fille.

- Ah…

- Tu es invité, bien sûr, me dit-elle en me bousculant de l'épaule.

- Super, lui répondis-je encore dans mes pensées.

Ce soir serait donc l'occasion idéale pour rattraper Elisabeth et lui demander ce qu'elle avait sous-entendu en me parlant de son mari.

CHAPITRE SEPT
22 décembre

Charline entra dans ma chambre au moment où j'achevai d'enfiler mon pullover beige. Elle me sourit dans le reflet de la glace qui ornait mon armoire en me détaillant de la tête aux pieds. Mes chaussures en daim, mon chino brun foncé qui contrastait parfaitement avec la couleur de mon haut, mes cheveux ramenés en un *bun* à l'arrière de mon crâne et le collier qui ne me quittait jamais sur lequel trônait fièrement un pendentif contenant une image de ma sœur et moi, enfants. Elle s'avança derrière moi avant de m'enlacer par la taille.

- Je suis tellement contente que tu sois ici Tommy.
- Moi aussi, lui répondis-je en posant mes mains sur ses bras.
- Je me sens plus rassurée avec toi dans les parages.

Elle n'ajouta rien de plus, se contentant de poser sa tête sur mon épaule. L'instant suivant, nous étions déjà en train de descendre les marches de la maison pour rejoindre l'entrée. Le temps filait à une vitesse incroyable et il était déjà temps pour nous de rejoindre le reste des amies de Charline pour cette soirée qui s'annonçait particulièrement excitante pour elle.

Dans l'entrée, notre mère ne put s'empêcher de sortir son vieux polaroïd pour immortaliser l'instant tout en reniflant derrière l'objectif. Notre père compara cette scène à notre bal de promo où ni Charline, ni moi, n'avions eu d'autre choix que de nous y rendre ensemble puisque nous n'avions trouvé aucun partenaire ni n'avions reçu d'invitation. Mamie nous souhaita une bonne soirée en nous embrassant tour à tour sur le front et déjà, nous disparûmes dans la nuit sombre.

* * *

Lorsque nous arrivâmes au bar Le Balcon, nous fûmes accueillis par le reste du groupe qui nous attendait patiemment à l'entrée. Elisabeth en tête de file, elle nous embrassa chacun notre tour avant que Charline ne prenne le temps de me présenter toutes les autres invitées. Je ne retins pas les prénoms mais compris très vite que le cercle restreint de ma sœur se composait principalement des amies qu'elle s'était faite durant ses études secondaires ainsi que des personnes qu'elle avait ensuite rencontrées dans le cadre de son business florissant.

Pour éviter de finir en statues de glace, nous rentrâmes tous ensemble à l'intérieur du bar qui avait été pour l'occasion privatisé et décoré de manière toute aussi surprenante que drôle. Je ne fus pas surpris de retrouver des objets à connotation largement discutable sur les tables, des photographies de ma sœur enfant punaisées un peu partout sur les murs et des guirlandes de toutes les couleurs suspendues au plafond. Le patron du bar nous accueillit avec plaisir et nous offrit même un premier cocktail.

Les filles profitèrent de cet instant pour affubler ma sœur d'une bannière où il était écrit, comme le veut la tradition, *future mariée* avant de lui enfiler sur la tête un serre-tête dont les détails me firent doucement ricaner tant ils étaient tendancieux. Visiblement touchée par ces attentions, Charline s'extasia en riant à gorge déployée. La soirée était lancée.

* * *

Quelques instants plus tard, je me retrouvai propulsé sur la scène du bar en compagnie de l'unique employée de Charline, Flora – nom tout trouvé pour travailler dans l'industrie des fleurs – un micro à la main face à deux écrans plats qui diffusaient une chanson d'une vieille comédie musicale : *You're the one that I want (Grease)*. A tour de rôle, nous nous employâmes à donner de la voix pour que le spectacle soit le plus réussi possible. Dans l'assistance, je sentais le regard insistant d'Elisabeth qui n'avait cessé de me dévisager depuis que nous étions arrivés. Si Charline n'y prêtait pas attention, j'avais, à plusieurs reprises, essayer de trouver un prétexte pour me retrouver seule avec Elisabeth, en vain. A la fin du morceau, nous reçûmes les applaudissements de vigueur qui pouvaient vouloir dire *bravo* ou *merci de ne plus tenter l'expérience.*

C'est à cet instant précis qu'une opportunité s'offrit à moi.

Au loin, je vis Elisabeth quitter le bar par la porte après avoir enfilé sa parka. Sans un mot, je me glissai à travers les filles, attrapai également ma veste et poussai les portes. Dehors, la neige avait commencé à tomber, à nouveau, comme pour offrir à cette soirée une dimension toute particulière. Je retrouvai la jeune femme à peine un peu plus loin, pendue à son téléphone. Elle semblait agacée, si bien que, par politesse, je ne tendis pas l'oreille curieuse qui me démangeai et me retournai pour allumer une cigarette. Après avoir tiré dessus une seconde fois, j'entendis Elisabeth m'apostropher :

- Je peux t'en prendre une ?

Je me tournai en affichant un sourire dégagé, lui tendant mon paquet de cigarettes sans la quitter des yeux. Son sourire avait disparu, son regard s'était voilé et, bien que je ne la connusse pas suffisamment, j'avais le sentiment que l'appel qu'elle venait de recevoir n'avait pas été une partie de plaisir. Par courtoisie, ou par curiosité – je ne sais pas – je me risquai à lui demander :

- Mauvaise nouvelle ? en pointant le téléphone qu'elle serrait dans la main.

- Oh ça… non… enfin, c'est compliqué.

Pourquoi avais-je cette désagréable sensation que ça me concernait ? Depuis quand étais-je devenu aussi obnubilé par celui que j'étais pour en arriver à croire que tout pouvait encore tourner autour de moi ? Je me raclai la gorge, hésitant… *il faut que tu te lances,* je m'encourageai.

-   Elisabeth, je voulais… enfin, toute à l'heure à la boutique, ce que tu as dit…

Elle releva les yeux vers moi, planta ses iris dans les miens et je sentis quelque chose proche du reproche s'insinuer entre nous. Le froid ambiant sembla se glacer d'une atmosphère particulièrement tendue.

-   Oublie ça, tu veux… me dit-elle en balayant l'air du revers de la main.

-   Je n'en ai pas envie, lui répondis-je malgré moi.

Elle ne devait pas s'attendre à ce que j'insiste à ce point mais quelque chose dans la façon qu'elle avait eu de me le dire me donnait le sentiment qu'elle me cachait une information capitale.

Elle prit une longue inspiration, comme pour se calmer légèrement. Elle tira sur la cigarette, vint se dresser à mes côtés et planta ses yeux dans le décor flamboyant des décorations de Noël qui nous entourait un peu partout.

-   J'aime cette période de l'année autant que je la déteste, me confia-t-elle.

-   Pourquoi ça ?

-   Depuis toujours, on nous fait croire que Noël est une fête magique où l'impossible est, par je ne sais quel tour de passe-passe, rendu possible. On nous dit que les miracles arrivent en même temps que les premiers flocons de neige.

- Peut-être que c'est vrai.
- Franklin me parle souvent de toi.

La transition n'avait aucun sens et ne manqua pas de me surprendre. Je tournai ma tête vers elle mais elle ne broncha pas. Je lis pourtant dans son regard une infinie tendresse qui me fit éprouver énormément de compassion à son égard. Je ne répondis rien, attendant qu'elle reprenne la parole, suspendu à ses lèvres.

- Franklin est un homme complexe et c'est peut-être ce qui me plaisait chez lui lorsque nous nous sommes rencontrés. Cette manière si particulière qu'il avait de ne jamais trop en dire tout en en dévoilant suffisamment. Je me suis rendue compte trop tard que j'étais tombée amoureuse d'un mirage. Un homme que je croyais connaître mais qui n'existait pas vraiment. Il a toujours eu ce voile dans le regard, comme si quelque chose lui manquait cruellement, comme si sa vie n'était pas exactement celle à laquelle il aspirait. J'ai longtemps cru que c'était à cause de sa carrière dans le sport, qu'il regrettait de l'avoir abandonnée pour nous… et puis, il est tombé sur toi hier devant le lycée.

Je gardai le silence sans pour autant décrocher de ses lèvres, comme transcendé par ce qu'elle était en train de sous-entendre sans vouloir y croire vraiment.

- Je ne sais même pas pourquoi je te dis tout ça. Les rares fois où il me parlait de toi, j'avais l'impression qu'une étincelle brillait au fond de ses yeux. Quand il est rentré à la maison hier après-midi et qu'il m'a parlé de votre rencontre, j'ai retrouvé cette étincelle et... tu ne peux pas savoir ce que c'est que d'être jalouse d'un homme quand on est une femme.

Elle tourna alors les yeux dans ma direction et son regard se noya un instant dans le mien. Il était brillant, humide, bourré de confidences et de désespoir. Mon cœur se serra dans ma poitrine alors que j'avançai, machinalement, une main jusqu'à son épaule.

- Tu t'inquiètes pour rien... Elisabeth, c'est toi qu'il a épousée et même au-delà de ça, il s'est détourné de notre amitié au moment-même où il a toléré ce que ses amis m'ont fait.

- Tu n'as jamais pris le temps d'écouter sa version.

- A quoi bon...

- Tu devrais, finit-elle par me dire en écrasant sa cigarette dans le cendrier avant de me quitter là.

Je restai bête, les bras ballants, face à l'étendue sans fin d'une couche de neige monstrueuse et d'une ambiance festive qui me donnait envie de vomir. Tout autour de moi, ça respirait la magie et la féérie mais quelque chose venait encore de se briser. Des silences, une absence, des sentiments qui n'existaient plus depuis longtemps mais qui venaient brusquement de sortir de sa torpeur. Un flocon atterrit sur le bout de mon nez, je louchai un court instant avant de fermer les paupières et secouer vivement la tête.

J'écrasai à mon tour la cigarette dans le cendrier, me retournai et fis face à la porte de l'établissement. *Je pourrais faire demi-tour et rentrer,* mais Charline ne me le pardonnerait sans doute jamais. Prenant mon courage à deux mains, je poussai alors les portes en rejoignant l'assistance qui, en notre absence, avait dû abuser de cocktails et d'alcool. Le cœur lourd, je cherchai du regard Elisabeth mais cette dernière m'ignora cordialement en se glissant près de Charline pour danser avec elle.

*   *   *

La fête redoubla d'intensité ensuite pour tenter à tous de nous faire oublier nos petits malheurs et nous concentrer sur l'immense bonheur que nous éprouvions à l'idée que ma sœur se marie d'ici à peine vingt-quatre heures.

Les heures qui suivirent, Elisabeth ne m'adressa plus un mot.

Ses regards étaient glacials, bourrés de reproches à mesure que les cocktails s'additionnaient. Pour ne pas provoquer d'esclandre, je décidai de suivre le rythme en enchaînant les verres tout en me laissant porter par les animations organisées spécialement pour l'événement. Nous eûmes le droit à un strip-tease – Charline avait failli tourner de l'œil lorsque le policier était entré dans la pièce en brandissant sa plaque –, des jeux divers sur la future grossesse de Charline et les projets du couple. Un petit reportage-photos fut projeté, organisé par Flora et de nombreux discours s'en suivirent. A plusieurs reprises, on me fit monter sur scène pour partager une chanson avec l'une ou l'autre des filles présentes.

Lorsque sonna l'heure de rentrer, je tenais à peine sur mes jambes.

Charline se pressa contre moi et ensemble, nous rentrâmes à la maison après avoir appelé un taxi. Dans la nuit, nous somnolâmes un court instant l'un contre l'autre en laissant le défilé des lumières nous bercer. Face à l'imposante demeure de nos parents, nous attrapâmes un curieux fou-rire en nous remémorant notre première cuite et la manière dont nous avions caché les dégâts à nos parents. Discrètement, nous avions poussé la porte en prenant garde de ne réveiller personne et étions partis nous coucher, une dernière fois, ensemble.

Demain, Charline Lamont s'appellerait officiellement Charline Bouchard. Cette pensée me traversa au moment-même où je m'enfonçai dans un sommeil de plomb.

CHAPITRE HUIT
23 décembre

Il n'existait aucun remède conséquent à l'affreuse migraine qui me frappa de plein fouet lorsque les premiers rayons du soleil traversèrent les persiennes de la chambre. Comme un million de petits elfes qui tambourinaient à l'intérieur même de mon crâne, me rappelant avec violence les abus de la veille. Grimaçant légèrement, je me retournai pour constater que les dégâts s'étaient étendus à Charline qui, de son côté, semblait prête à rendre tout ce qu'elle avait avalé la veille. Glissant ma main sur son dos, je lui dis :

-   Tout va bien ?

-   Si par aller bien tu veux dire avoir envie de vomir alors que je n'ai pas le souvenir d'avoir avalé autre chose que des cocktails ces vingt-quatre dernières heures, alors je suis au top de la forme.

Je gloussai très légèrement, ce qui me valut un regard foudroyant de la part de ma sœur.

-   Je me marie ce soir grand nigaud. Regarde dans quel état je suis.

Un rapide coup d'œil à mon téléphone qui affichait effectivement la date du 23 décembre et un rappel en caractère majuscules du mariage imminent. Je poussai un long soupire alors que la porte de la chambre s'ouvrit sur le visage réprobateur de notre mère.

- On a abusé de l'alcool apparemment.
- Maman, ce n'est pas le moment, la grondai-je.
- Au contraire mes lapins.

C'est ainsi qu'elle nous appelait quand nous faisions des bêtises, à l'époque. Une manière plutôt singulière de nous couvrir de reproches sans nous donner l'impression de nous en vouloir. Elle s'avança dans la pièce avec deux grands verres à la main dans lesquels un curieux mélange rougeâtre dansait.

- Jus de tomate. Remède efficace contre la gueule de bois, dit-elle fièrement en nous tendant le sésame.

Charline ne se fit pas prier pour attraper le sien.

De mon côté, je dû paraître plus sceptique puisque ma mère insista du regard. Je l'attrapai du bout des doigts et le reniflai en grimaçant. Charline était plus téméraire que moi puisqu'elle s'afférait déjà à le boire tout en retenant un haut-le-cœur qui menaçait de lui faire tout recracher.

Le cœur bien accroché, je pris mon courage à deux mains et imitai ma sœur en me reprochant d'avoir été assez stupide pour noyer mes problèmes comme je l'avais fait. Maman avait sans doute raison, à peine ingurgitée sa décoction me donnait l'impression de faire taire tout le bruit qui raisonnait dans mon crâne.

- Je vous attends en bas pour les derniers préparatifs. Charline, n'oublie pas que la coiffeuse arrive vers quinze heures, la cérémonie aura lieu à dix-sept heures, nous dit notre mère avant de disparaître à nouveau de la chambre.

Ma sœur fut la première à se lever du lit, encore vêtue de la robe qu'elle portait la veille. Son mascara avait dégouliné de chaque côté de ses yeux et son teint était livide. Elle m'afficha un sourire contrit avant de disparaître en direction de la salle de bains où je l'entendis faire couler l'eau.

Je profitai du silence de la chambre pour sortir du lit à mon tour et rejoindre la mienne, à l'autre bout du couloir. Je me laissai tomber sur le matelas confortable après avoir pris le temps de me déshabiller. Le froid me força à me glisser sous la couette. Légèrement tremblant, je canalisai le peu d'énergie qu'il me restait pour me frayer un chemin jusqu'aux souvenirs de cette soirée et, plus précisément, aux propos qu'avait tenus Elisabeth concernant Franklin. Quelque chose m'échappait et, curieusement, je ressentais l'étrange besoin de trouver des réponses à des questions que je m'étais refusées de me poser ces dix dernières années.

Sous mes paupières, je vécu une énième fois l'enfer de cette soirée terrible où, juste après les cours, son groupe d'amis m'avait attendu à la sortie de l'école. Les jurons qu'ils m'avaient lancés, les menaces qu'ils avaient proférées… ce secret dont je n'avais parlé à personne sinon à celui que je considérais comme mon meilleur ami. Le goût amer de cette trahison lorsque j'avais compris, à le voir se tenir droit derrière eux, qu'il ne réagirait pas et, pire encore, qu'il m'avait carrément dénoncé.

Je me souvins avec horreur de la sensation violente qui m'avait transpercé au premier coup de poing dans l'estomac. Cet horrible sentiment d'injustice et de vulnérabilité quand je m'étais rendu compte que je ne pouvais pas répliquer ni même bouger. Pris au piège de l'intolérance et de cette stupide virilité qui poussait les hommes à rejeter ce qu'ils ne considéraient pas "normal". Victime des préjugés mais, pire que tout, victime d'une trahison qui aurait raison de mes propres convictions.

Ouvrant les paupières pour chasser les images, je caressai du bout des doigts ma lèvre marquée. Celle-là même qu'ils avaient brisé à renforts de coups, là où se tient désormais la fine cicatrice qui me rappelle chaque jour à quel point l'amour fait souffrir.

Une larme se nicha au coin de mes yeux lorsque ma sœur se mit à tambouriner contre la porte de ma chambre. Sans attendre une quelconque réponse de ma part, elle entra dans la pièce et fut surprise de me voir ainsi prostré.

-     Qu'est-ce qu'il se passe Tommy ?

Je tentai d'essuyer mes yeux, en vain. Elle s'assit près de moi et glissa ses doigts dans mes cheveux défaits.

-     Tu sais que tu peux tout me dire, n'est-ce pas ?

-     Même si ça concerne le mariage de ta meilleure amie ?

-     Je savais que tu n'aimais pas 'Lise, s'insurgea-t-elle.

-     Ce n'est pas ça le problème.

-     Alors qu'est-ce qu'il se passe ? répéta-t-elle.

-   Hier soir, Elisabeth m'a confié que son mariage n'était pas une franche réussite. Elle m'a raconté que son mari n'avait pas l'air heureux et qu'elle s'imaginait que c'était sûrement de ma faute.

-   Comment ça de ta faute ?

-   Charline tu connais Franklin, n'est-ce pas ?

-   Oui, c'est le mari de 'Lise, un homme charmant si tu veux mon avis.

-   C'était aussi mon meilleur ami, autrefois, tu ne t'en souviens pas ?

Elle eut un vague mouvement de recul lorsqu'elle se remémora nos années lycée.

-   Oh mon Dieu, je… je n'avais jamais fait le rapprochement. Tu veux dire que c'est ce même Franklin qui à l'époque…

Elle laissa sa phrase en suspens, sachant pertinemment ce qu'il en était tout en refusant d'y mettre des mots. Je reniflai une première fois en exécutant un léger mouvement de la tête pour lui confirmer ce qu'elle pensait avoir déjà deviné.

-   Mais pourquoi le bonheur de leur mariage aurait à voir avec toi ?

-   Je l'ignore… Elisabeth m'a dit d'aller lui en parler, de lui laisser me donner sa version des faits, comme si ça pouvait changer quelque chose.

-   Tommy… c'est à cause de lui que tu as quitté Trois-Rivières ?

Je laissai planer un instant de silence.

Était-ce sa faute ? Indéniablement oui, bien sûr. J'avais quitté la ville pour essuyer mes blessures, comme le chat blessé qui se cache dans un coin de la maison pour ne pas être dérangé. J'avais pris le temps d'essayer de réparer le mal qu'il m'avait fait mais la douleur s'était accrochée avec moi aussi longtemps que j'avais tenté de rester par ici.

- J'étais amoureux de lui, finis-je par lui confier.

Elle ne dit rien, visiblement surprise par cette révélation.

- Je croyais qu'on partageait quelque chose de particulier. Nous étions que des gosses mais il était mon premier béguin. Le dernier également, depuis je n'ai jamais réussi à m'ouvrir aux hommes. J'ai toujours eu peur de revivre l'enfer que j'avais vécu lorsqu'il m'a abandonné, ce soir-là.

Elle ne se prononça pas encore, visiblement tiraillé entre mes blessures et celles, à peine sous-entendues, de sa meilleure amie. Partagée entre le mariage de cette dernière qu'elle croyait réussi et les sentiments que je commençai enfin à évoquer en sa présence.

Au bout d'un instant qui me paru une éternité, elle finit par dire :

- Tu dois lui parler.

Je restai silencieux, sans la quitter du regard. Elle poursuivit :

- Ecoute, j'aime 'Lise comme une sœur. Si son mariage est raté, je ne peux pas rester là à la voir souffrir sans rien dire. Elle t'a demandé de l'écouter et je crois que tu devrais le faire. Elle est forte, suffisamment pour se relever d'une déception amoureuse mais sans doute pas assez pour une vie entière de mensonges.

Le raisonnement de Charline faisait écho à tout ce que je redoutais. Une ultime confrontation, d'ultimes confidences auxquelles je ne m'étais jamais préparé. Je refusai tout bonnement en secouant vigoureusement la tête de gauche à droite. Elle attrapa ma tête entre ses deux mains et me força à plonger mes yeux dans les siens.

- Tu dois faire la paix avec tout ça, Tommy. Il est temps que tu pardonnes à Trois-Rivières le mal qu'elle t'a fait et que tu rentres à la maison… au moins de temps en temps. Ces dix dernières années ont été longues et éprouvantes pour toute la famille, tu nous manques. S'il existe un infime espoir que tu puisses oublier toutes ces histoires et venir nous voir plus souvent, alors tu dois le saisir. Tu nous le dois.

Elle esquissa un léger sourire en détachant son étreinte.

Je posai mes pieds à terre, ne la regardant plus, plongé dans mes pensées. Était-ce vraiment ce qu'il devait arriver ? Trouver la force de le revoir une dernière fois, de lui laisser m'expliquer ce qui semblait le tourmenter et l'excuser de sa lâcheté ? J'étais partagé entre l'envie de mettre enfin un terme à toute cette rancœur et l'envie de la conserver près de moi, comme l'amie fidèle qui ne m'avait jamais quitté. Si je la perdais, que me resterait-il ?

- A tous les coups, il est au Trèfle, il y a ses habitudes. Elisabeth doit me rejoindre ici dans une heure ou deux pour m'aider à me préparer.

Cette dernière information m'aida sans doute à prendre ma décision.

Me redressant sur mes jambes, j'enfilai un nouveau pantalon et un pull, pris le temps d'arranger ma coiffure et me retournai vers ma sœur.

- M'en voudras-tu ?

- Pour avoir brisé le ménage de ma meilleure amie ? Pas si c'est pour de bonnes raisons, me promit-elle en opinant légèrement du chef.

Son approbation suffit à me décider. Je quittai la pièce au pas de course pour ne pas louper une nouvelle fois l'occasion qui se présentait à moi de faire table rase de mon passé.

CHAPITRE NEUF
23 décembre

Comme elle l'avait supposé, Franklin était installé seul à une table lorsque j'entrai dans le bar, secouant la tête en ôtant mon bonnet recouvert de fins cristaux de neige. Il leva les yeux au moment-même où je le reconnus dans la foule et, brusquement, il s'arrêta dans son mouvement comme pris par surprise. J'eus du mal à décrypter ce qu'il se glissait dans son regard alors que nous nous jaugions, à quelques mètres l'un de l'autre. Je restai néanmoins sur place, bien décidé à prendre le temps qu'il me faudrait pour le rejoindre. Quelques regards curieux s'élevèrent en ma direction, quelques salutations polies fusèrent lorsqu'on me reconnut comme le fils de Pierre Lamont. Le serveur m'invita à rejoindre le comptoir et, courtoisement, je déclinai son invitation en pointant du regard la table où était installée Franklin pour lui faire comprendre que j'y prendrai place.

Le premier pas fût le plus compliqué à faire.

C'est un détail qu'on nous cache volontairement dans tous les navets diffusés à la télévision à cette période de l'année. Ce moment où le héros de l'histoire prend conscience qu'il attaque un nouveau tournant dans son existence. Ce premier pas qui en déclenchera d'autres mais qui conduira, forcément, le protagoniste sur un chemin qu'il n'avait, à aucun moment, prévu d'emprunter. J'aurais pu faire demi-tour, il était encore temps. Franklin semblait impatient que je m'assoie face à lui mais quelque chose me poussait à ne pas broncher, pas encore. Il y avait au fond de ses iris foncées un désir, une envie, quelque chose d'inextricable qui me prit à la gorge, serra mon myocarde dans ma poitrine et ralentit, automatiquement, le rythme de mon palpitant.

Le premier pas, me répétai-je machinalement en posant un pied devant l'autre.

Une fois qu'il fût fait, le reste ne fût qu'une succession de décisions hasardeuses et timides qui me conduisirent tout droit jusqu'à cet homme que j'avais balayé de ma vie avec une telle conviction qu'elle m'apparaissait brusquement si dérisoire.

Lorsque je pris finalement place, le sourire qu'il m'adressait était aussi curieux que sincère. Il laissa s'égrainer quelques secondes avant de prendre la parole :

-     Je suppose que tu n'es pas venu ici par hasard, n'est-ce pas ?

-     Tu supposes bien.

-     Elisabeth t'a dit quelque chose… tenta-t-il en baissant légèrement les yeux sur sa boisson.

Un simple hochement de la tête lui fit comprendre qu'il avait visé juste alors que le serveur vint prendre ma commande. Je laissai ce dernier ensuite repartir et attendis qu'il revienne avec le chocolat chaud que j'avais commandé pour reprendre la parole.

- Il faut qu'on discute, d'après elle.
- C'est étrange comme situation.
- Que ta femme me pousse à crever l'abcès entre nous ? Oui, très étrange.

Il se perdait dans la contemplation du fond de son verre en poussant un léger rire étouffé. Il n'ignorait en rien les raisons qui justifiaient ma présence ici, comme si les deux époux avaient eu loisir d'échanger à mon sujet.

- C'était toi hier soir… je laissai planer un instant de silence avant d'ajouter : au téléphone.

Ce fut à son tour de ne rien dire. Un faible mouvement de la tête qui répondit simplement à ma question.

- Elle avait l'air triste, ensuite.
- J'ai passé ces onze dernières années à la rendre triste, tu sais.

Il releva les yeux vers moi, si vite que j'en rougis, détournant alors le regard sur ma boisson que je brassais sans grande conviction. Le fumet du chocolat et des douces épices de saison ne m'apporta, cette fois-ci, aucun réconfort. La situation était embarrassante, presque irréelle. Combien de fois avais-je fantasmé cet instant ?

- Comment ça ? lui demandai-je bêtement.
- J'ai passé beaucoup de temps à lui mentir sans réellement m'en rendre compte.
- Lui mentir sur quoi ?

- Sur l'homme que je suis vraiment.

Sa voix était brisée, je l'entendais au léger vibrato qui faisait trembler ses mots. Il y avait brusquement en lui une vulnérabilité que je ne lui connaissais pas. Complètement métamorphosé sous mes yeux, comme si le Franklin dont je gardais un souvenir amer était brusquement redevenu le gamin dont j'étais tombé amoureux, des années plus tôt.

- Et qui es-tu ? me prononçai-je alors.

- Je t'ai fait du mal, beaucoup de mal. Je n'ai jamais eu de peine à le reconnaître.

C'est peut-être ce qui me perturbait le plus. Cette force de conviction avec laquelle il exprimait son opinion tout en paraissant aussi brisé que moi. Le temps ne nous avait fait aucun cadeau, je m'en rendais compte soudainement.

- Pourquoi ?

- Nous avions quinze ans, nous étions des gosses.

- Ça n'explique pas vraiment ton comportement…

- Cette année-là, quand tu m'as annoncé en primeur que tu aimais les hommes, tout s'est bousculé entre nous.

Revenir sur cette période ne m'apportait aucun réconfort, bien au contraire. Toutes les émotions qui m'avaient submergé à l'époque renouèrent avec mon corps, me tordant jusqu'à l'estomac alors que j'essayais, tant bien que mal, d'avaler la boisson chaude.

- J'ai très vite compris que tu étais amoureux de moi, dit-il en me faisant rougir. C'était simple à constater, n'importe qui aurait pu faire le rapprochement entre ta soudaine envie d'émancipation et la manière que tu avais de me regarder, de me parler, de me toucher parfois.

J'avais cru être bien plus discret, à l'époque. Bien sûr que j'avais été amoureux de lui, si fort, si longtemps. Il représentait l'idéal que je me faisais d'une histoire d'amour, j'avais espéré qu'il finisse par s'en rendre également compte mais mes appels étaient restés silencieux. J'avais trop peur de le perdre, qu'il s'éloigne si jamais j'avais osé le lui avouer.

-     Un soir, j'ai abordé le sujet à la maison. Si tu avais vu la réaction de mon père, tu aurais sans doute compris mes craintes.

-     Quelles craintes ? m'exclamai-je brusquement.

-     Tom, à l'instant même où tu m'as annoncé qui tu étais vraiment, tout a changé entre nous.

-     Comment ça ?

-     Brusquement, tes regards ne me laissaient plus de marbre. Comme si je perdais le contrôle de mon corps, il réagissait étrangement à nos empoignades, à nos accolades. J'avais le sentiment que quelque chose essayait de s'exprimer à travers ces réactions, comme si mon corps avait pris conscience bien avant moi de ce que je voulais, de ce que je désirais.

Il marqua une pause.

Je restai muet un instant.

Venait-il d'admettre ce que je croyais avoir compris ?

-     Moi ? m'entendis-je prononcer malgré moi.

-     Toi, me confirma-t-il.

Le petit garçon en moi exulta. L'homme s'enragea. *Tout ce temps perdu,* pensai-je alors que mes yeux ne purent se détacher des siens. Cette révélation, si énorme était-elle, ne changeait pas ce qu'il s'était passé par la suite.

- Alors pourquoi ?

- Lorsque mon père a appris pour ta sexualité, il l'a qualifiée de déviante. Il m'a sermonné toute la soirée en m'invectivant de ne plus te fréquenter, qu'à trop être associé à toi je finisse par être considéré de la même manière que… *les gens comme toi.*

Cette expression m'arracha une grimace qu'il remarqua aussitôt.

- Ce sont ses mots Tom.

- Pourquoi tu ne lui as pas tenu tête ? m'emportai-je.

- J'avais quinze ans, je n'avais que mon père, toi-même tu le sais. Maman nous avait quitté des années plus tôt et j'étais fils unique, autrement dit, le seul espoir qu'il avait de voir l'héritage familial perdurer.

- C'est n'importe quoi bon sang.

- Les temps ont changé. A cette époque, ici, les choses n'étaient pas ce qu'elles sont aujourd'hui. Mon père m'a supplié de mettre un terme à notre amitié, il avait de grands projets pour moi, à commencer par cette carrière qu'il n'avait jamais pu vivre dans le sport et qu'il espérait revivre à travers moi.

- Et ces mecs avec qui tu traînais ?

-   Ils faisaient partie d'un club de hockey auquel mon père m'avait inscrit.

-   Pourquoi tu leur as parlé de moi ?

A nouveau, il marqua une pause, pris le temps de finir son verre avant d'en recommander un. La tension était palpable et j'avais bien compris qu'il puisait dans l'alcool qu'il ingurgitait le courage d'aller au bout de ses explications. Je ne le brusquai pas, j'avais appris avec le temps qu'il fallait parfois faire preuve de patience pour obtenir les confidences. Je n'avais d'yeux que pour lui, le monde autour de nous venait de disparaître complètement, j'étais suspendu à ses lèvres. Quand il retrouva son verre, il en but une gorgée avant de reprendre.

-   Après un entraînement, dans les vestiaires, ils ont commencé à parler de toi. Ils disaient qu'ils savaient que tu aimais les garçons et que tu méritais une bonne correction.

C'était insupportable. Beaucoup trop pour l'enfant qui dormait en moi depuis toutes ces années. Les larmes brillèrent au coin de mes yeux malgré tous les efforts du monde que je faisais pour ne surtout pas me laisser emporter par le flot d'émotions que ces mots provoquaient. J'avais l'impression de revivre cet enfer… le point de vue était pourtant cette fois différent.

-   Ce soir-là, ils étaient décidés à te faire comprendre tout le mal qu'il pensait des gens comme toi alors ils t'ont attendu à la sortie des cours. Je faisais partie de la bande Tom, ils attendaient de moi que j'accepte leur point de vue comme pour confirmer qu'ils pouvaient me faire confiance. Mais je n'avais rien à voir avec tout ça...

- Et alors ? m'emportai-je brusquement. Tu n'étais pas le poing qui me frappait mais tu n'en demeures pas moins le bras. Tu ne t'es peut-être pas sali les mains mais tu as participé à cette mascarade. Tu les as laissés faire sans réagir.

- Je ne pouvais pas faire autrement.

- MENTEUR.

Les regards qui nous avaient abandonnés un peu plus tôt se tournèrent à nouveau vers nous, de concert. Je sentis Franklin m'échapper alors que la lumière se faisait sur tout ce qu'il s'était passé. Je ravalai donc ce qu'il me restait de rage pour adresser un faible sourire à l'assistance. En me retournant vers Franklin, il ne souriait plus, ne me regardait plus non plus. Je me penchai par-dessus mon verre.

- Excuse-moi... prononçai-je.

Il releva les yeux vers moi et laissa s'échapper un faible rire.

- C'est un comble, c'est toi qui t'excuses maintenant.

- Je sais, lui dis-je en soupirant.

Il prit une nouvelle gorgée de son verre avant de le poser sur la table, juste entre nous. J'aurais voulu – non, je crevais d'envie – d'avancer mes mains vers les siennes pour ressentir la chaleur de ses paumes dans les miennes mais retins mon geste.

-   Que tu le croies ou pas, les circonstances étaient différentes. J'étais pris entre deux feux. Mon père me rendait la vie impossible avec ses attentes à la con et j'avais besoin d'intégrer ce groupe pour lui prouver non seulement que je n'étais pas comme toi mais que je pouvais être exactement l'homme qu'il attendait que je sois.

-   Alors tu m'as sacrifié, tu as sacrifié notre amitié par pur orgueil… je ne suis pas certain que ça soit plus pardonnable qu'un simple acte de lâcheté, conclus-je presque déçu.

Il soupira doucement.

J'aurais pu me lever, j'aurais pu partir. J'avais eu mes explications – certes pas aussi convaincantes que je l'avais espéré mais je les avais eues – mais quelque chose m'empêchait tout bonnement de bouger. J'avais le sentiment que l'histoire ne s'arrêtait pas là, qu'elle ne pouvait pas s'arrêter comme ça.

Comme s'il avait lu dans mes pensées, il poursuivit :

-   Il ne s'est pas passé un jour sans que je regrette amèrement cette décision… le mal était pourtant déjà fait, je ne pouvais pas revenir en arrière. Le lendemain, le regard que tu m'as lancé a suffi à me faire comprendre que j'avais franchi les limites et que, jamais tu ne pourrais me pardonner ma couardise. J'ai donc pris le parti de poursuivre sur cette lancée et me convaincre que mes mensonges étaient justifiés, que je pourrai vivre ainsi sans que ça ne vienne jamais me hanter.

Il s'exprimait bien, trouvait les mots justes, ceux qu'il fallait pour panser quelques plaies. J'y trouvais un certain réconfort tout en éprouvant une contradictoire déception en formant, pièce après pièce, le puzzle de notre histoire.

- Après les études secondaires, tu as rejoint l'entreprise de ton père et nous n'avons jamais plus échanger le moindre mot. De mon côté, j'ai rejoint l'université une bourse en poche et la fierté de mon père dans mes valises. Je pensais que la distance nous séparant, je pourrai tourner la page sur tout ce que je t'avais fait traverser mais chaque soir, après les cours, je revenais en ville près de la quincaillerie de ton père. Je te voyais y travailler, je crevais d'envie de venir te parler sans jamais réussir à faire le premier pas.

Le premier pas, nous y revoilà, songeai-je avec une amertume toute nouvelle.

- En deuxième année, les mecs de mon groupe commencèrent à me charrier parce que je n'avais encore jamais présenté à qui que ce soit de petites-amies. Ils ont commencé à faire des allusions qui sont remontées, petit-à-petit, aux oreilles de mon père. Pour calmer le jeu et faire taire les rumeurs, je me suis forcé à sortir, à rencontrer du monde…

- Et tu as rencontré Elisabeth, dis-je à mi-voix.

- C'était une fille charmante, bourrée de bonnes intentions, née dans une des familles les plus prestigieuses de la ville. Un bon parti, d'après mon père, lorsque je la lui ai présentée la première fois. Nous nous sommes fréquentés pendant deux ans, elle étudiait le graphisme et je continuais mes entraînements de manière intensive. Une carrière toute prête se dessinait à l'horizon selon le directeur de l'université.

- Alors pourquoi ne jamais être parti pour rejoindre une équipe nationale ? Elisabeth aurait pu te suivre.

- A la fin de nos études, elle est tombée enceinte.

J'ouvrai grand les yeux, pris au dépourvu. J'avais appris en l'espace de deux jours que mon amour d'adolescent était marié mais également père de famille... *c'en était trop, pourquoi m'infliger tout ça ?* me demandai-je alors en assemblant les dernières pièces. Voilà pourquoi Franklin n'avait jamais quitté Trois-Rivières. Il y avait fondé une famille.

- A six mois, elle a perdu l'enfant, dit-il le regard éteint.

Voilà qui coupait court, une nouvelle fois, à mes conclusions.

- Elle était brisée, jamais je n'aurai pu lui demander de quitter la ville avec moi. Elle avait trop besoin de sa famille et de ses amis. Alors j'ai abandonné ma carrière... ça a été un coup dur pour mon père mais il a vite accepté la situation, bien plus vite que si je lui avais annoncé à l'époque que j'aimais moi aussi les hommes.

- Qu'est-ce qu'il s'est passé ensuite ? l'invitai-je à poursuivre.

- La mort de cet enfant avait été le signe dont j'avais besoin pour comprendre que je ne pouvais plus continuer à me mentir. J'ai voulu te retrouver, t'expliquer, te raconter, te parler… mais en sonnant à la porte de ta maison, ce jour-là, tes parents m'ont appris que tu étais parti pour Paris et qu'il n'était pas question pour toi de revenir de sitôt.

Il était revenu me chercher… réalisai-je alors en terminant ma boisson. Voilà qui concluait parfaitement cette histoire, n'est-ce pas ? Voilà qui aurait fait une merveilleuse histoire de Noël. Un homme réalise après moultes épopées qu'il a passé son temps à se mentir et qui prend conscience de tout ce qu'il avait manqué, courant à travers la nuit dans un décor enneigé pour récupérer cet homme dont il avait toujours été amoureux.

Mais ça ne se passe jamais comme ça dans la vraie vie, sinon, comment expliquer que nous nous étions loupés, une fois de plus. J'étais déjà parti quand il était revenu à la raison. Jamais je ne l'avais su pour autant.

- En rentrant à la maison après t'avoir rencontré devant l'école, Elisabeth a surpris mon regard et a compris que quelque chose n'allait pas. J'ai fait de mon mieux pour la tenir à distance de tout ça, pour ne surtout pas la blesser. Je l'aime énormément, tu sais. Elle a été la seule amie que je n'ai jamais vraiment eue. En d'autres circonstances, tu l'aurais adorée. C'est parce qu'elle me faisait penser à toi que j'ai cru envisageable de vivre à ses côtés, malgré les mensonges. Ton retour récent a néanmoins fait tomber le masque une bonne fois pour toutes sur ce que j'ai passé près de onze ans à lui cacher. Quand elle a compris ce qu'il en était, elle s'est emportée et nous nous sommes disputés.

- Hier soir ?
- Hier soir, confirma-t-il.

Il termina alors sa boisson, faisant claquer son verre sur la table.

Il n'en recommanda pas, me faisant ainsi comprendre que nous arrivions au bout de cette conversation. Je raclai le fond de ma gorge, nerveusement.

- Je ne veux pas être celui qui brisera ton ménage, lui dis-je.
- Mon ménage est brisé depuis longtemps.
- Tout ça, c'est bien beau mais qu'est-ce que ça change aujourd'hui ? Les occasions manquées, les absences, le silence, les mensonges... où est-ce que ça peut nous conduire sinon droit dans le mur ?
- Je n'en sais rien, me dit-il abattu.

J'avais besoin de m'en aller, un besoin profond presque viscéral. Le désir de prendre l'air, de me retrouver seul avec tout ce qu'il venait de me dire pour faire le tri, réfléchir et respirer. Il fallait que je m'en aille alors, jetant un rapide coup d'œil à l'horloge sur mon téléphone, je lui dis :

- Il... Charline va m'attendre, il faut que je rentre à la maison.

Je déposai un billet sur la table sans lui accorder le moindre regard. *Il faut que je m'en aille,* me répétais-je, le cœur lourd de toutes ces révélations. Le revers de la médaille, le point de vue différent d'une histoire que j'avais déjà vécue et qui n'avait fait que me torturer. *Il faut que je m'en aille,* me répétais-je alors que j'attrapai ma veste, enfilai mon bonnet sur ma tête et me relevai. Franklin accompagna mon geste en se redressant également mais un simple mouvement de la main lui fit comprendre de ne surtout pas me retenir. Je tournai les talons et bousculai les clients pour retrouver la porte d'entrée et la pousser.

Je pris une grande inspiration, les flocons continuaient de danser dans l'air, les lumières manquèrent de m'aveugler alors que je levai le bras pour héler un taxi. Les chants de Noël qui raisonnaient partout autour de moi ne me grisèrent d'aucun réconfort. L'odeur du vin chaud, les guirlandes suspendues aux lampadaires, ni même le traineau du Père-Noël qui voyageait d'un bout à l'autre de la ville ne m'arrachèrent aucun sourire.

La voiture s'arrêta devant moi.

Ma main glissa sur la poignée mais au moment de l'ouvrir, une autre main attrapa mon avant-bras et me força à faire volte-face.

- Tom, ne pars pas comme ça, me supplia-t-il de son regard cendré.

Et c'est là que je le vis.

Ce mouvement à peine perceptible. Le léger sourcillement, les lèvres qui s'entre-ouvrent à peine, l'étincelle qui s'illumine au fond de ses iris, la douce mélodie d'un chant de fête, l'odeur de son parfum – le même qu'il portait à l'époque – et la légère vibration de ses cheveux dans l'air.

Ce mouvement qui m'incita à fermer les yeux alors qu'il avança son visage vers le mien pour déposer sur mes lèvres un baiser qui me traversa comme la foudre. Un baiser qui m'enveloppa, me réchauffa. La danse rocambolesque de ses lippes sur les miennes qui se fraient un chemin jusqu'à ma langue pour y trouver tous les mots qu'il n'avait jamais osé me dire. Un baiser si court à l'intensité fulgurante qui me cloua sur place alors que le conducteur, d'un coup de klaxon, me fit comprendre son impatience.

Un baiser au goût de sucre et d'épices.

Je me détachai brusquement dans une expression tordue d'appréhension et de colère, de rage et de pleurs. D'une pression sur son épaule, je le fis reculer de quelques centimètres pour me permettre de pénétrer dans l'habitacle de la voiture tout en indiquant l'adresse de la destination au chauffeur. La porte claqua derrière moi, le laissant tout aussi abattu que moi sur le trottoir alors que déjà, le véhicule disparaissait au coin de la rue.

CHAPITRE DIX
23 décembre

Je suis installé près de l'autel. A côté de moi, Elisabeth tient un bouquet de lys blancs entre ses mains sans se départir de son sourire singulier. Depuis mon retour du bar, nous n'avons pas échangé le moindre mot, évitant soigneusement de nous dire tout ce que nous redoutions d'entendre, repoussant l'inévitable. Charline n'avait pas remarqué notre petit manège, trop occupée à enfiler la robe et finir de se préparer.

Désormais nous y sommes.

La harpe a commencé à jouer et nous avons défilé jusqu'ici de manière si solennelle que j'en ai presque oublié les récents événements. Lorsque ma sœur apparaît, finalement, au bras de mon père, je ne retiens pas le sanglot qui me serre la gorge. Son sourire était l'exemple même que le bonheur existe vraiment, si on se donnait la peine de le trouver. Le silence qui régnait parmi les convives nous mettait tous d'accord sur la beauté époustouflante de sa tenue parfaitement dessinée jusqu'à la traîne qui glissait derrière elle.

Au premier rang, ma mère et ma grand-maman lèvent leurs deux pouces en l'air lorsque nos regards se croisent. Je suis aux premières loges, dans l'œil du cyclone. D'ici, je vois tout le monde, bien incapable de faire le tri dans toutes ces pensées qui continuent de m'assaillir et le goût si particulier des lèvres de Franklin qui restaient ancrées aux miennes.

C'est à cet instant précis qu'il apparaît, derrière ma sœur, au fond de la salle.

Je crois sentir Elisabeth se tendre à mes côtés, comme si nous avions remarqué la même chose, au même moment. Je garde le silence mais suis désormais incapable de détacher mes yeux des siens. Les bras croisés sur sa poitrine, il m'observe en souriant très faiblement. La chaleur qui m'enveloppe soudainement me donne le sentiment d'être vu pour la première fois, mis à nu dans cette église où s'installe désormais ma sœur face au prêtre, après avoir été embrassée délicatement par mon père.

* * *

Le reste de la cérémonie se déroule sans encombres, jusqu'à l'échange des vœux. Je surprends le regard de ma sœur qui témoigne d'un amour si pur et sincère que ça m'en arrache un nouveau sanglot. Quand les mariés échangent leur baiser, tout le monde se lève et applaudit, tout le monde se réjouit.

Lui n'a pas bronché, toujours au fond de l'église, appuyé contre le mur, à me regarder.

Je rougis, malgré moi. Presque mal à l'aise alors que les époux avancent à nouveau dans l'allée. Elisabeth me ramène à la réalité d'un coup d'épaule léger et m'invite à suivre le cortège. A mesure que j'avance, mon ventre se tord, mon cœur se contracte. J'ai peur de passer à côté de lui, peur que la femme qui marche juste derrière moi surprenne quelque chose qui puisse la briser comme je l'avais déjà été par le passé. Je fais de mon mieux pour me concentrer alors sur la traîne de Charline et ne détournerai mon regard qu'une fois à l'extérieur.

Dans la nuit, sous l'éclairage des lampions installés de part et d'autre des escaliers qui mènent à l'entrée de l'église, le photographe immortalise l'instant. Nous changeons de place à plusieurs reprises, nous enchaînons les clichés et ce ballet me tient à l'écart de tout ce qu'il se passe en moi à cet instant précis.

Je l'ai perdu du regard, un instant.

Peut-être un instant de trop, peut-être pour le mieux.

En écho à mes pensées, il réapparait un peu plus bas, au fond des escaliers. Malgré son statut d'époux, jamais il ne s'avance pour rejoindre Elisabeth et se faire prendre en photo avec cette dernière. A plusieurs reprises, nos regards se croisent mais à aucun moment je ne m'avance vers lui. La présence de sa femme me pousse à agir comme s'il n'existait pas mais mon corps réagit différemment, traversé de légères secousses, comme des soubresauts.

Enfin, nous quittons la foule pour rentrer dans les voitures et prendre la direction de l'île Saint-Quentin où se trouve le Pavillon Jacques-Cartier que la famille du marié a réservé pour l'occasion. Lorsque la porte se ferme derrière moi, je réalise alors que je partage la voiture avec Elisabeth et cette vision a l'effet d'une bombe. Mon sang se glace alors que nos regards se croisent finalement.

- Tu as fini par l'écouter, me dit-elle.
- Oui.
- C'est bien.

Elle plonge dans un mutisme gênant alors que nous entamons notre avancée en direction du pont de la nationale 138.

- Je n'ai jamais voulu de cette situation, lui dis-je sur la défensive.
- Parce que tu penses que j'en ai voulu ?
- C'est toi qui a insisté pour que ça arrive.
- Tu ne comprends donc rien…

Peut-être bien que non, finalement. Je ne comprends pas ce que je suis en droit d'attendre de cette situation pour le moins ubuesque. Je ne comprends pas non plus ce que je peux exiger désormais de Franklin que je n'aurai pu exiger autrefois. Je ne vois pas que les choses ont déjà changé, ou peut-être ne veux-je simplement pas les voir. Le film de ces derniers jours se rejoue dans mon esprit encore embrumé par ce baiser échangé – non, ce baiser volé.

- Tu ne sais pas ce que ça lui a coûté de tout admettre, me dit-elle pour rompre le silence.

- Selon toi, je devrai effacer l'ardoise et tout lui pardonner simplement parce qu'il a eu, dix ans trop tard, le courage de m'avouer ce qu'il ressentait pour moi à l'époque ?

- Que tu le veuilles ou non, c'est arrivé. Il t'appartient désormais de choisir ce que tu veux en faire.

- Certainement pas me mettre entre vous.

- Tu l'es depuis toujours.

- Et tu crois que c'est une situation confortable pour moi ?

- Sans doute que non... mais j'aurais aimé qu'il te trouve à la maison, cette nuit-là, ça m'aurait évité onze ans de mascarade.

- J'aurais aimé qu'il n'ait jamais eu à choisir entre son père et moi.

- Peut-être qu'il est encore temps.

- Temps pourquoi ?

- Pour te choisir.

Elle me fusille du regard sans pour autant m'incendier de ses mots. Dans son discours, elle reste neutre, presque désolée pour moi. A aucun moment je ne ressens de l'animosité dans ses propos. Toutefois ses yeux ne mentent pas. J'ai le cœur serré, la balance penche mais je suis incapable de réfléchir.

\-   Tu as passé dix ans à le détester d'avoir été lâche. Voilà qu'il trouve enfin le courage de tout te dire. Qu'est-ce que tu veux de plus désormais ?

\-   Je n'en sais rien Elisabeth.

Ma voix est plus forte que je ne l'aurai imaginé.

Elle détourne les yeux, les pose sur le défilé des paysages à l'extérieur. La voiture quitte la nationale pour le Chemin de l'Île Saint-Christophe que nous devons traverser, la ville cède la place à la verdure, aux arbres enneigés et au fleuve Saint-Laurent, en contrebas.

\-   S'il y a bien une chose que j'ai apprise de toute cette histoire, c'est qu'il n'a jamais été aussi heureux que depuis ton retour en ville. Peut-être devrais-tu t'accrocher à cette seule certitude et lui laisser le bénéfice du doute.

\-   Et toi alors ?

\-   Franklin est mon ami depuis toujours, crois-moi. Notre histoire d'amour est née sur des mensonges mais tout ce que nous avons partagé, ça, c'était sincère. Je préfère encore le savoir heureux avec toi que malheureux comme les pierres avec moi.

\-   C'est plus compliqué que ça…

Elle sourit, faiblement. A la lueur de l'éclairage extérieur, je devine les poches sous ses yeux et la fatigue accumulée à jongler avec ce qu'elle avait toujours espéré et ce qu'elle venait sans doute d'apprendre. Je revois son expression le soir de l'enterrement de vie de jeune fille de Charline, lorsqu'elle l'avait eu au téléphone. Je me rappelle également ses propos, cette force avec laquelle elle m'avait incité à lui donner le droit de me raconter, de m'expliquer avec ses mots tout ce qui nous avait séparé.

- Peut-être que ça ne devrait pas l'être autant, finalement. Regarde Charline et Paul, ils se sont trouvés, se sont aimés sans se mettre de barrière et se laissent porter par ce qu'ils ressentent.

- C'est ce que tu as fait avec Franklin, toi aussi.

- Non, nous deux, c'était différent. Quelque chose l'a toujours empêché d'être parfaitement heureux avec moi, je l'ai toujours su. Si j'ai longtemps ignoré ce malaise, je ne me suis pour autant jamais leurrée. Quelque chose lui manquait, j'en ai toujours eu l'intime conviction. A l'époque, mes parents se réjouissaient de me voir fréquenter un homme comme lui, je me suis convaincue que ce n'était rien d'important... d'autant qu'après la fausse couche, il est resté à Trois-Rivières avec moi, il a été là pour me soutenir comme personne ne l'avait jamais été. Je me suis laissée prendre au jeu parce que sa présence me rassurait.

- Pourquoi tu me dis tout ça ?

- Parce que tu dois comprendre que je suis aussi fautive que lui. L'habitude et la routine ont eu raison de notre histoire, nous nous sommes tous les deux laissés convaincre que l'on pourrait partager nos vies sans éprouver le moindre remord mais les choses changent. Je n'ai plus envie d'être cette femme qu'il regarde, qu'il touche parfois mais qu'il ne désire pas et je sais qu'il n'a plus envie d'être l'homme qui se cache, qui se ment.

Le véhicule bifurque désormais sur le Chemin de l'Île Saint-Quentin, abandonnant définitivement la ville derrière nous. Le trajet n'est plus très long, à peine quelques minutes avant d'arriver au Pavillon.

- Tout ça n'a plus aucun sens, lui dis-je en soupirant.

- Ou peut-être que si, justement. La seule question que tu dois te poser désormais, c'est savoir si tu comptes sacrifier les dix ans à venir à ta carrière ou si tu décides de suivre ton cœur.

La voiture s'arrête.

Nous sommes arrivés à destination. Dehors, l'excitation est encore palpable. Alors qu'elle se glisse hors de l'habitacle, je l'accompagne un instant. Elle m'adresse un léger sourire avant de pointer du doigt quelqu'un derrière nous. Je n'ai pas besoin de me retourner pour comprendre qui m'attend.

- Tu devrais lui laisser une chance.

Je secoue la tête vigoureusement, tentant de la retenir du mieux que je peux.

- Ne pars pas s'il te plaît, j'ai encore des tas de questions à te poser.

- Il saura te répondre, me dit-elle alors en tournant les talons et disparaissant dans la foule.

J'entends ma sœur qui m'appelle au loin, ma mère également. J'entends mon prénom dans toutes les bouches et pourtant, je suis incapable de répondre à ces appels. Je me retourne doucement pour plonger mes yeux dans les siens, à distance raisonnable. Il a ce mouvement délicat, sa tête qui se penche légèrement sur le côté et ce léger sourire. Il sait l'effet qu'il me fait, il le sait depuis toujours. Je me mords la lèvre, je pourrai renoncer à lui, je l'ai déjà fait.

Pourtant, j'avance le pieds.

Le premier pas, il s'enfonce dans la neige. *Et puis, encore un,* qui s'enfonce tout autant, jusqu'à finalement parcourir la distance qui nous séparait encore un instant plus tôt, sans savoir si c'est la bonne solution.

CHAPITRE ONZE
23 décembre

La foule derrière nous s'empresse d'entrer dans le pavillon pour échapper au froid. Dans mon costard crème, je sens une étrange chaleur qui m'enveloppe alors que mes yeux se noient un instant dans les siens. Comme toute à l'heure, le monde semble disparaître à mesure que nous nous rapprochons, nous offrant une parenthèse enchantée à laquelle nous nous soustrayons doucement.

Lorsque je suis finalement face à lui, je perds toute mon assurance. Les propos de sa femme, dans la voiture, me troublent encore. Quelque chose dans leur mariage me laisse sceptique, comme s'il s'était agi d'un arrangement dont ils s'étaient satisfaits pour tromper leur monde. La pression qu'ils avaient subi tous deux de la part de leur famille respective les poussant à jouer au couple modèle pendant si longtemps sans jamais qu'ils ne soient capables de se le dire clairement.

Le sourire qu'il m'offre au moment même où je suis suffisamment près de lui pour le toucher me renverse le cœur. Une brèche réouverte sur une passion que j'avais ressenti à l'époque et dont je m'étais fait l'unique gardien tout ce temps. Il devine mes appréhensions d'un simple regard, calant ses deux mains sur mes épaules avant de me dire :

- Je comprends que la situation t'échappe, tu sais. Je comprends également qu'il te faut du temps pour digérer tout ce que je t'ai dit et tout ce que tu as appris ces derniers jours mais je ne peux pas te laisser repartir.

- Pourtant, c'est exactement ce qu'il va se passer.

Une torpille que je lui envoie en plein cœur. Il grimace.

- Peut-être pas.

- Qu'est-ce qui pourrait l'empêcher ?

- Moi… dit-il sans grande conviction.

- On a passé notre chance, tu le sais très bien. On a manqué le coche, il est trop tard pour faire marche arrière désormais. Il y aura toujours cette part de moi qui continuera de te détester.

- Je ne veux pas y croire.

- Pourtant, tu n'en as pas le choix.

- Alors c'est ici que tout se termine ?

J'aimerais lui répondre par la positive, tourner les talons, rejoindre ma famille et célébrer la récente union de ma sœur. J'aimerais lui dire que je ne l'aime pas – ou plus – que j'ai tourné la page sur ce qu'il nous était arrivé mais je sais également que je ne ferai que me mentir. Je pourrais tout aussi bien me jeter dans le vide que la décision me paraîtrait bien plus simple à prendre.

- A quel point tu m'aimes Franklin ?

- Au point de croire aux miracles.

-   C'est de saison, lui dis-je en riant légèrement.
-   C'est peut-être un signe.
-   Ou peut-être juste une illusion de plus.

Les dés sont jetés mais la partie est truquée. Il n'y aura aucun vainqueur, aucun gagnant. Je repartirai avec le cœur sous le bras, je retournerai à ma vie d'artiste, j'écumerai les salles de concert mais je sais déjà que son visage jamais plus ne s'effacera.

-   Quand est-ce que tu dois partir ?
-   Samedi.
-   Ce qui nous laisse trois jours.
-   Deux jours et demi, je le corrige sans sourire.
-   C'est plus que suffisant.
-   Pour rattraper dix ans ?
-   Pour un miracle, me dit-il convaincu.

La force de ses mots, la puissance de ses convictions.

J'ai envie d'y croire, autant que j'ai pu croire que tout était terminé lorsque j'avais pris cet aller pour Paris des années plus tôt. J'ai envie de penser que la magie n'est pas bonne que pour les productions américaines et que les miracles de Noël ne sont pas que des légendes.

-   Comment comptes-tu t'y prendre ?
-   Laisse-moi le temps, Tom.

Et pour la première fois depuis longtemps, ce sobriquet ne me semble pas une insulte, bien au contraire. Il me berce d'un espoir, d'un certain renouveau. Je retiens mon souffle alors que je lui réponds :

- Deux jours et demi.
- Deux jours et demi, me répète-t-il.

Sans savoir d'où ça vient, il se penche et me vole un nouveau baiser avant de reculer d'un pas. Il pointe le Pavillon du doigt.

- Tu es attendu je crois.
- Tu ne viens pas ?
- Je préfère laisser Elisabeth profiter de sa soirée.
- D'accord.

Il m'adresse un nouveau sourire.

- Retrouve-moi demain à onze heures aux portes du lycée.

Je ne sais pas pourquoi j'accepte, mais je le fais. Il s'empresse alors de me voler un troisième baiser avant de tourner les talons et s'évaporer dans la pénombre.

Je reste un instant seul, le cœur gros.

J'ai envie d'y croire, je me répète alors que je tire une cigarette du paquet caché dans la poche de mon blaser. Je tire sur cet espoir comme on tire sur une corde, je m'y accroche, je m'y suspends sans savoir si elle conduira à une chute imminente ou la plus belle ascension de ma vie.

* * *

En pénétrant dans le Pavillon, je suis surpris par l'incroyable travail des décoratrices jusque dans les moindres détails. A l'entrée, une jeune femme me donne un ticket sur lequel je trouve le numéro de la table qui m'est attribuée que je partage, sans grande surprise, avec les demoiselles d'honneur de ma sœur. Un large sourire sur les lèvres, je me fraie un chemin jusqu'à ma place en saluant d'un regard les convives. Quand mon regard croise celui de ma sœur, nous nous échangeons un signe de tête dont nous sommes les seuls à connaître la signification.

Je m'installe à côté de Flora qui me rapporte tout ce que j'ai manqué durant mon aparté à l'extérieur. Elisabeth, installée en face de moi, soutient mon regard rapidement et hoche la tête d'un signe entendu. Je la trouve brusquement plus légère, le sourire plus brillant et plus sincère que dans la voiture qui nous avait conduit jusqu'ici.

Ma sœur est la première à prendre la parole, remerciant chacun des invités de leur présence. Comme je l'avais parié avec elle plus tôt dans la journée, elle ne finira pas son discours sans s'effondrer, forçant Paul à poursuivre. Amusé par la situation, j'écoute attentivement le déroulement de la soirée en jetant, de temps en temps, de petits regards complices à Charline qui renifle bruyamment dans son mouchoir.

Le dîner est lancé, l'entrée arrive déjà à nos tables – des bouchées au saumon avec un toast de foie gras – et les conversations vont bon train. Chacun commente, chacun complimente et chacun prend des photos. C'est un nuage de flashs qui illumine l'assemblée tandis que la soirée suit son court doucement. A notre table, j'écoute les conversations sans jamais y prendre part, perdu dans mes pensées. Le temps s'écoule avec une douceur agréable que je ne lui connaissais plus, me laissant le cœur plus léger. Petit-à-petit, je retrouve le sourire et cette bonne humeur qui m'a toujours caractérisé. Sous le regard ravi de ma famille, je plaisante avec mes camarades de tables, rigole à l'excès et profite de ces instants qui me resteront, à jamais, précieux.

* * *

La pièce montée n'est toujours pas annoncée.

L'heure avance pourtant. Les animations ont occupé les convives entre chaque plat. Je suis repu, j'ai d'ailleurs ouvert le gilet que je portais de peur de voir les boutons se mettre à éclater. Alors que nous nous attendons tous à ce que le dessert arrive enfin, je remarque ma sœur qui se lève en compagnie de son nouvel époux. Tous deux se dirigent vers l'imposante piste de danse sous un concert d'applaudissement. Le DJ annonce alors leur première danse. La célèbre chanson *My heart will go on* se met à raisonner dans une salle silencieuse et captivée.

Tous les regards sont tournés dans la même direction, y compris le mien.

L'espace de quelques minutes, nous oublions tout du monde qui nous entoure, concentrés à voir évoluer sur la piste un couple plus amoureux encore que la veille. Sans aucune once de jalousie, je regarde Charline et me fais la réflexion de ne l'avoir jamais vue aussi heureuse qu'à cet instant précis. Une larme se niche au coin de mes yeux alors que la musique s'arrête doucement sur un baiser émouvant et une nouvelle salve d'applaudissements.

* * *

La pièce montée était au-delà de toutes nos attentes. Une montagne de choux à la crème surmontée d'une photographie du nouveau couple marié réalisé en pâte à sucre. Accompagnant la pièce montée, une fontaine de chocolat et un buffet de fruits frais ainsi que plusieurs viennoiseries pour satisfaire tout le monde.

Tout le monde s'était régalé, à commencer par Elisabeth dont le comportement était passé d'une certaine tristesse à une euphorie légère. Me réjouissant pour ma sœur, j'avais participé à toutes les animations et pris des dizaines de photos que je m'empresserai de lui montrer plus tard.

Alors que tout annonçait la fête, le DJ demande aux membres des deux familles de se réunir au centre de la piste de danse. Sans dire un mot, je m'exécute. Nous invitant à danser avec un membre de notre nouvelle belle-famille, je tends la main vers la sœur de Paul qui m'adresse un léger sourire. Plus jeune que moi, elle se glissa entre mes bras maladroits et se laisse guider le temps de quelques instants. Au milieu du morceau, le DJ nous demande de changer de partenaire et sans savoir vraiment comment, je me retrouve enlacé à ma sœur dont les yeux pétillent de complicité. Comme toujours, elle blottit sa tête contre mon épaule et se laisse tomber confortablement contre moi.

- Tu es heureuse, lui dis-je.
- Très, me répond-elle.

Nous continuons à danser un court instant avant qu'elle ne murmure.

- C'était Franklin, dehors ?
- Oui…
- Il est venu pour te voir, n'est-ce pas ?
- Oui, il est venu pour moi.
- Vous avez pu parler ?
- Un petit peu.

Elle se tait un moment, se dégage ensuite légèrement pour glisser ses prunelles dans les miennes. Quand elle me regarde comme ça, je sais exactement ce qu'elle attend de moi.

- Promets-moi de ne pas avoir à m'en faire pour Elisabeth.
- Je crois que tu avais raison à son sujet, elle est forte.

Elle resserre un peu notre étreinte et laisse à nouveau son visage tomber sur mon épaule. Portés par la musique, nous dansons encore quelques instants avant que ça ne s'arrête. Les convives nous félicitent avant de nous rejoindre sur la piste de danse.

Juste avant que la soirée ne soit lancée, Charline s'approche de moi et me murmure à l'oreille :

- Donne toi l'occasion de guérir ton cœur frangin, il est trop beau pour rester brisé.

CHAPITRE DOUZE
24 décembre

Ce matin, lorsque j'ouvre les yeux, c'est à contre-cœur que je me retrouve tout seul dans mon lit. Charline est désormais rentrée chez elle, ce qui n'a rien de trop surprenant. Ma mère, mon père, ma grand-maman et moi sommes rentrés ensemble la veille. Grand-maman avait un peu trop picolé et maman tenait à ce que je sois là en renfort si jamais elle faisait un malaise. Après avoir embrassé ma sœur et avoir serré la main de Paul, j'avais quitté les lieux de la réception sans un mot pour Elisabeth et suivi ma famille jusqu'à la maison.

La tête encore un peu dans les vapes, je me tourne légèrement dans mon lit à la recherche de mon téléphone portable quand je parviens finalement à mettre la main dessus et y lire l'heure qui s'affiche. *Merde,* je jure pour moi en me précipitant jusqu'à la salle de bains. J'enfile rapidement mes affaires et dévale déjà les marches lorsque j'entends mon prénom. Je m'arrête net sur le seuil de la porte et me retourne face à ma mère, plus en forme que jamais.

- Où est-ce que tu t'en vas comme ça ?
- Retrouver un ami.

Elle arque légèrement le sourcil en penchant la tête sur la gauche. Elle s'approche de moi, les bras croisés sur la poitrine.

- Un ami ?

- C'est ça, oui.

- Qui donc ?

Je n'ai pas à cœur de me justifier, encore moins de prononcer son prénom sachant pertinemment que ma famille n'a sans doute jamais pardonné à Franklin mon départ précipité.

- Je n'ai plus douze ans tu sais.

- Peut-être, mais tu es sous mon toit.

- Maman, tu m'agaces.

- Mange quelque chose avant de partir, veux-tu. Tu es maigre comme un clou.

La connaissant suffisamment pour savoir la tempête que déclencherait un refus de ma part, je dépose ma veste sur le porte-manteau. Je la suis jusqu'à la cuisine où mon père est en train de lire le journal et Mamie tricote tranquillement.

- Thomas a rendez-vous avec un "ami", dit ma mère amusée en mimant de gros guillemets autour du mot ami.

- Et qui est cet "ami" ? s'empresse de demander ma grand-maman en posant les aiguilles sur la table.

- Personne, leur dis-je en m'installant.

Ma mère pose devant moi quelques pancakes et un peu de sirop d'érable. Elle en profite également pour m'amener une tasse de chocolat chaud préparé avec soins et, à voir le buffet qui m'attend, j'ai le sentiment que cette scène avait été savamment préparée.

- Thomas est bougon ce matin, intervient mon père en souriant.

- Pas du tout, dis-je pour me défendre.

- Qui vas-tu voir, insiste ma grand-maman.

- Pourquoi j'ai l'impression d'être à nouveau adolescent ?

- Tu ne nous a jamais présenté de garçon, je crois, intervient ma mère.

- C'est vrai ça. Ta sœur se marie et toi, Tommy, quand est-ce que ton tour viendra ?

- Mamie !

- Ne la blâme pas mon cœur, ta grand-maman espère simplement être encore vivante le jour où tu nous annonceras tes fiançailles, plaisante ma mère.

La situation est embarrassante. Comme elle l'était toujours quand j'étais encore qu'un gosse. Mes choix de vie n'ont jamais été un problème pour ma famille, je les en serai éternellement reconnaissant mais ma vie privée avait toujours été un sujet que je n'aimais pas aborder. Ils s'en amusent, ce matin. Je le sais, je le devine aux regards qu'ils s'échangent tandis que je dévore mon petit-déjeuner. Ce n'est pas tant de savoir si je fréquente ou non quelqu'un mais simplement le fait de retrouver cette complicité qui berçait nos moments en famille, autrefois.

- Personne n'est assez bien pour mon petit Tommy, dit mon père.

- Il est trop exigeant c'est tout.

- Ou pas suffisamment ? Tu te protèges mon fils, n'est-ce pas ?

Je déglutis avec peine sous leur rire moqueur. J'avale difficilement la dernière part de pancake avant de me lever de table.

- J'en ai assez entendu je crois.

Ma grand-maman éclate de rire alors que je prends mes jambes à mon cou. Dans le couloir qui mène à l'entrée, j'entends ma mère crier :

- Si tu as besoin d'argent pour des préser…

Je ferme la porte avant qu'elle ne termine sa phrase, le rouge aux joues.

* * *

Quand j'arrive à destination, je suis surpris du lieu du rendez-vous. L'établissement est vide, ce matin, et étrangement silencieux. Je n'aime plus cet endroit depuis longtemps. Pourtant, en arrivant à Trois-Rivières, quatre jours plus tôt, il avait été le théâtre de ma première visite, comme si quelque chose en moi m'attirait à lui depuis toujours.

Les portes s'ouvrent sur Franklin dans un bruit qui me surprend. Son regard se glisse dans le mien et un large sourire s'étire sur ses lèvres entre-ouvertes. Il ne met pas longtemps avant de rompre la distance qui nous sépare, écartant les bras pour m'y accueillir dans une tendre accolade. Lorsque je me dégage, je louche très légèrement sur sa bouche sans savoir si je dois esquisser le moindre geste pour lui voler – à mon tour – un baiser.

- Viens, dit-il en me tendant la main.

Il m'entraîne à travers un dédale de couloirs qui me ramène automatiquement des années en arrière. Nous passons même à côté de mon ancien casier alors qu'il me fait bifurquer à l'intersection qui conduit jusqu'à la salle de gymnastique. Sans savoir vraiment ce qu'il attend de moi, je le laisse me guider tout en me délectant du contact chaud de sa main dans la mienne.

Nous descendons une volée de marches jusqu'à l'entrée de la salle de sport.

Je n'en garde aucun bon souvenir et, comme un vieux réflexe, j'ai le ventre qui gronde. Six mois par année, ici, cette salle devenait une patinoire pour permettre aux élèves de pratiquer le sport national. C'était une étape obligatoire pour tout canadien que de savoir glisser sur la glace. C'était une activité qui m'avait toujours rebuté, incapable de trouver l'équilibre sur les lames d'acier sous mes chaussures.

Quand il pousse la porte, mes appréhensions s'estompent.

La glace est bien là, mais la salle a été aménagée. Des lampions sont accrochés au plafond et dessinent le contour de la patinoire. En son centre, un vieux plaid a été déposé sur lequel trône fièrement un panier duquel je vois dépasser une bouteille. Franklin s'arrête net devant moi et se retourne, glissant ses yeux dans les miens.

- Tu es toujours aussi nul en patin ?

La question n'en est pas une, il le sait. Son sourire complice ne ment pas. Il se penche sur le côté et sort une paire de chaussures qu'il me tend. Il s'installe sur l'un des bancs et enfile les siennes. A contre-cœur, je le rejoins et troque mes vieilles bottes pour des patins. A peine debout, je manque déjà de tomber. Il m'attrape par le bras.

- Evidemment que oui, dit-il en riant légèrement.

Je prends appui sur son avant-bras pour m'avancer jusqu'à la glace. Un premier pied dessus et déjà, j'ai le sentiment de faire un grand écart. Je me retiens de justesse à sa veste. Il trouve la force de me relever avant de faire un pas en arrière… enfin, de glisser légèrement.

- Prends mes mains.

Il les tend devant lui et je m'y accroche. Il se met à reculer sur la glace, je l'accompagne de petits pas pour glisser également. Il me dit :

- Regarde-moi, ne regarde pas tes patins.

Je lève les yeux, j'attrape les siens et m'y installe confortablement. Il esquisse un sourire en se redressant légèrement.

C'est peut-être bien un miracle de fête ou simplement l'instant qui pousse la magie à son apogée mais soudainement, mes petites avancées maladroites deviennent de grandes enjambées plus assurées jusqu'à me sentir parfaitement à l'aise dans mes pompes. Il frappe des deux mains en me voyant lâcher les siennes. A quelques mètres de lui, je patine fièrement, comme un enfant. Je le sens alors qui se rapproche de moi, ses bras entourent ma taille alors qu'il se cale sur le rythme de mes mouvements pour déposer sa poitrine dans mon dos. Ainsi prostrés, nous avançons quelques instants, l'un contre l'autre.

Sa chaleur qui m'emmitoufle comme un manteau, son cœur qui tambourine dans mon dos, son odeur si singulière qui calme le rythme de mon myocarde. Le mouvement juste et parfaitement synchronisé de nos pieds qui évoluent sur un lac de glace et le silence environnant. Rien d'autre que nous et l'ambiance calfeutrée du gymnase éclairé uniquement des lampions accrochés tout autour de nous.

Je me laisse glisser, je m'enfuis et disparais dans un contre-monde, un contre-jour. Quelque chose qui n'existe pas tout à fait et qui me paraît pourtant si réel. Une partition différente, inconnue, étrangère et pourtant familière. Un parfait écho à mes rêves de gosses, mes désirs d'adolescents. Sa puissante carrure qui se colle contre la mienne alors que rien autour n'a plus de sens que ce que je ressens à cet instant précis. Perdus sur la glace, perdus dans le temps, en apesanteur.

Rien ne pourra effacer ce souvenir-là.

Rien ne pourra me l'arracher.

* * *

Assis sur le plaid, je ne retiens pas le sourire suspendu à mes lèvres tandis qu'il me dévore des yeux. J'ai le sentiment que la situation a changé, que les barrières sont tombées. Néanmoins, il subsiste encore une légère part d'ombre à laquelle je refuse de penser, pour le moment, me délectant de cet instant qu'il a pris plaisir à me réserver.

- Tu te débrouilles mieux que dans mes souvenirs.
- J'ai un bon professeur.
- L'inverse est tout aussi vrai.

Je vire au cramoisi alors qu'il débouche la bouteille de vin qu'il sort du panier en osier. Il déballe également quelques amuse-bouches et dispose le tout juste devant nous, sur la fine couverture. Je me laisse légèrement tombé contre lui, oubliant l'heure et le temps qu'il fait dehors. Il embrasse ma tempe en remplissant nos verres.

- Il n'est pas un peu tôt pour boire un verre de vin ?
- Il est toujours l'heure de l'apéro quelque part, non ?
- C'est vrai.

Il me tend le verre, je me redresse légèrement et nous trinquons.

- Tu m'as manqué Tom, me prend-il par surprise.
- Tu savais pourtant où j'étais.

Un reproche qui se masque derrière une simple affirmation, comme si je ne pouvais empêcher le scepticisme de me garder les yeux ouverts sur la situation.

Depuis dix ans, il savait pertinemment où et comment me trouver. Pourquoi avait-il attendu si longtemps pour se dévoiler ? Et surtout, pourquoi avoir choisi d'aller si loin dans ses tromperies, risquant de briser plus d'une personne lorsque ses vérités verraient le jour.

- Tu as raison.
- Alors pourquoi avoir attendu ?

La situation change à nouveau.

La tension est palpable.

- Tu comptes vraiment briser cet instant Tom ?
- J'aimerais comprendre.

Son regard change également. Le gris clair prend des teintes foncées qui ne laissent aucun doute à ce qu'il ressent.

- Tu voudrais que je m'excuse de tout ?
- Parce que c'est à moi de te présenter mes excuses ?

J'aurais sans doute dû me retenir, éviter une énième confrontation. De vieux démons qui surgissent à nouveau, cette peur fondamentale d'être à nouveau abandonné. Cette angoisse chronique de ne pas avoir droit au bonheur, ou cette incapacité toute bête d'y croire vraiment.

- Tu n'es jamais revenu non plus.
- Tu plaisantes j'espère.
- Non… tu m'as balayé d'un revers de la main sans te poser plus de questions, sans même m'accorder le bénéfice du doute ou me donner une chance de m'expliquer.

Je me redresse entièrement, coupant court à notre proximité.

-     Tu croyais sincèrement qu'après ce que tu avais fait, j'aurai encore envie de te voir ? Tu es bien conscient que c'est à cause de toi que j'ai quitté la ville ?

-     Tu ne peux pas me porter responsable de tous tes maux, c'est injuste.

-     Tu voudrais quoi, que je te dédouane de ce que tu as fait sous prétexte que tu subissais toute cette pression ? Qu'est-ce que tu espérais, qu'il te suffirait de me raconter ta version des faits pour que je te pardonne le mal que tu m'as fait ?

-     Tu tournes en boucle.

-     J'ai mes raisons.

-     Tu n'es pas le seul à avoir souffert de la situation, la seule différence entre toi et moi c'est que j'étais prêt à rompre le silence quand je suis venu frapper à la porte de chez toi.

-     Trois ans trop tard.

Il se tait, moi aussi. Excédé, je renverse nos verres sans faire exprès. Touché dans mon ego, je me relève sur mes jambes. Il lève les yeux vers moi.

-     Qu'est-ce que tu fais ?

-     Merci pour cette parenthèse enchantée, mais je crois que toi et moi, ça n'a rien d'un miracle de Noël. Je préfère encore partir avant que tu aies le culot de me reprocher de m'être laissé tabasser par tes fréquentations sans deviner à quel point ta vie était compliquée.

Un pas après l'autre, je glisse jusqu'à la porte de la patinoire, m'en extrais alors qu'il s'est redressé sur ses jambes, lui aussi.

- Tu ne peux pas fuir éternellement.

Il me lance alors que je défais mes lacets, ôte ces patins et les balance dans sa direction, au comble de la colère. J'enfile mes bottes, lève mon majeur à son attention et tourne les talons pour quitter à nouveau cet enfer.

CHAPITRE TREIZE
24 décembre

L'air frais me frappe de plein fouet lorsque je quitte le gymnase les yeux gonflés par les larmes qui ne cessent de rouler sur mes joues. Je remonte le col de mon pull contre mon cou, serre l'écharpe et enfonce le bonnet sur mon crâne. La neige tombe en continu depuis hier, les températures ont encore chuté durant la nuit. A peine expiré, l'air se condense en un nuage de fumée compact devant moi.

Comme chaque année, ma famille se réunira ce soir autour d'un bon repas pour célébrer Noël. Je n'ai plus le cœur à la fête, je ne l'ai jamais eu de toute manière. Sans prendre le chemin de la maison, je laisse alors mes pas m'emmener aussi loin que possible de cet instant que je viens de partager avec cet homme qui, depuis toujours, ne sait que me faire souffrir.

Quel imbécile, je me murmure en allumant une cigarette.

J'ai dû marcher plus d'une heure puisque, malgré moi, j'arrive face à l'énorme centre commercial Les Rivières, exceptionnellement ouvert pour les retardataires. Je pourrai tout aussi bien faire demi-tour plutôt que de me plonger dans un des pires endroits où se rendre lorsqu'on essaie de se soustraire à la magie des fêtes.

A peine entré à l'intérieur, le sapin géant installé en son centre me soulève le cœur. Complètement hermétique à toute cette féérie, j'avance sans prendre la peine d'observer les nombreuses décorations installées dans les premières vitrines. Une foule m'attire, au loin, de l'autre côté du sapin. Sans savoir ce qui m'attend réellement, je m'y glisse et constate que tous ces gens font la queue pour une simple photo en compagnie du Père-Noël. *Pathétique,* je me souffle alors que je m'apprête à faire demi-tour.

Mais son regard…

L'affreux bonhomme de Noël, sapé dans ses fripes rouges bon marché et sa barbe blanche souillée, me remarque parmi tous les autres et m'adresse un faible sourire. *Pourquoi ?* Je reste stoïque un instant de trop, sans doute, à le regarder puisque finalement, il lève sa main et me fait signe de m'approcher. J'ai le ventre qui se noue quand d'autres regards se tournent vers moi, rougissant malgré moi. Mal à l'aise, je ne bronche pas, me contente de secouer doucement la tête de gauche à droite mais il insiste, appuie son geste d'un sourire plus grand et le répète ainsi de longues secondes. Les enfants me dévisagent, les parents m'accusent presque à mi-voix… pour mettre un terme à cette mascarade, je décide de serrer le poing dans la poche de ma veste et de m'avancer en sa direction.

C'est ainsi que je me retrouve à traverser une foule désagréablement surprise de me voir obtenir les faveurs d'un acteur payé à moitié pour exercer un rôle auquel plus personne ne croit une fois les dix bougies soufflées.

Arrivé à sa hauteur, je remarque la couleur si particulière de son regard. Je détaille son costume bien moins cheap que je ne l'avais imaginé au premier abord, et remonte ensuite sur cette barbe qui, ma fois, donne l'illusion d'être réelle. J'ai presque envie de tirer dessus pour m'assurer qu'il ne s'agit que d'un costume lorsqu'il me glisse, d'une voix rauque :

- Qu'est-ce que tu as demandé au Père Noël, mon grand ?

La question m'arrache un léger rire.

- Je suis désolé mais je n'ai plus l'âge de demander quoi que ce soit.

- Tu te trompes, tous les Hommes sont des enfants.

- C'est très gentil de votre part mais tout ça… ce n'est pas pour moi.

J'accompagne mes propos d'un geste de la main qui englobe l'ensemble du magasin, le sapin et les cadeaux installés sous ce dernier.

- Alors en quoi est-ce que tu crois ?

- En moi.

- La magie existe pourtant.

Ce manège dure depuis déjà trop longtemps pour moi. Les regards appuyés qu'on me jette me mettent mal à l'aise. Je refuse d'y prendre part une minute de plus. Avec un ton ferme et appuyé, je lui dis :

-       Vous feriez mieux de vous occuper de ces mômes innocents qui n'ont vécu encore aucune désillusion plutôt que de perdre votre temps avec moi. Vous n'espériez quand même pas que je m'installe sur vos genoux et formule un vœu ?

-       C'est ce que tu voudrais ?

-       Non… non bien sûr que non. Stop ! Je m'en vais.

J'ai l'impression qu'il va me retenir mais le vieil homme ne se lève pas ni ne tend la main lorsque je tourne les talons pour descendre de la légère estrade et rejoindre la foule. Alors que je m'y enfonce, j'entends néanmoins sa voix qui dit derrière moi :

-       La magie et les miracles existent Thomas, c'est pour cette raison particulière qu'a été inventé Noël. Ouvre leur ton cœur, c'est le plus beau cadeau que tu pourras te faire.

Fustigé par ses mots, je fais rapidement volte-face. Son regard se plonge dans le mien. *Comment sait-il…* mais je ne me prononce pas, comme bouleversé par ce qu'il vient de se passer. Nos yeux se soutiennent et le vieil homme, doucement, m'adresse un léger clin d'œil avant de partir dans un éclat de rire tonitruant :

-       Oh oh oh, joyeux Noël !

J'ai les jambes paralysées, le corps tout entier qui ne bronche pas alors qu'il accueille un enfant sur ses genoux. *Il sait mon prénom… comment sait-il…* et pourquoi ses propos me touchent-ils en plein cœur ?

Je déglutis avec peine en reculant d'un pas, me dégageant de cette foule qui manque de m'étouffer, trébuche sur un morceau de neige fondu et manque de tomber lorsque des bras puissants me rattrapent.

-   Est-ce que tout va bien ?

Je me retourne et, surpris, je reconnais Paul, accompagné de Charline qui a les bras chargés de cadeau. Elle m'offre un léger sourire en soulevant légèrement le sourcil.

-   Tu es blanc Tommy, on dirait que tu as vu un fantôme.

-   Je... Oui, enfin... je...

-   Tout va bien ? insiste-t-elle.

Ok Thomas, remet de l'ordre dans ton esprit, la magie et les miracles n'existent pas. On a dû lui indiquer mon prénom avant que je ne le rejoigne sur l'estrade, après tout, ma famille est connue par ici et cette histoire de cœur... ça n'a rien à voir avec Franklin, rien à voir.

-   Oui, tout va bien, finis-je par articuler en me redressant.

Paul m'adresse un léger sourire alors qu'il lâche mes épaules délicatement. J'en profite pour faire le détail de leurs achats et remarque qu'ils portent, tous les deux, deux sacs chacun.

-   C'est pour ce soir ?

-   Oui, me répond Charline.

-   Je croyais que nous passion Noël en famille seulement... vous avez invité tout le quartier ?

- Maman a insisté pour que Noémie, la sœur de Paul, soit des nôtres, Papa a invité Vincent et de mon côté, j'ai convaincu Elisabeth de ne pas rester toute seule chez elle.

Elisabeth...

Il ne manquait plus que ça. J'ai dans ma valise un cadeau pour mes parents, pour ma grand-maman et pour ma sœur et son époux, je n'avais pas prévu de devoir offrir quoi que ce soit à qui que ce soit d'autre. Pris de court, je lève les yeux vers les étages supérieurs. Combien de temps me faudrait-il pour trouver quelque chose pour Vincent ? Quoi offrir à des gens que l'on ne connaît pas du tout ? Pire encore, qu'offrir à la femme dont j'ai brisé le ménage pour lui souhaiter de "joyeuses" fêtes ?

Disparaître ? cette pensée m'arrache un sourire.

- Je... je n'aurai pas le temps d'aller chercher d'autres cadeaux Charline, pourquoi personne n'a jugé bon de me prévenir ?

- Peut-être parce que nous t'avons invité chaque année à Noël et que, chaque année, tu n'as pas fait l'effort de venir...

Touché coulé, je pense en déglutissant une nouvelle fois.

Décidément, cette journée est un calvaire, et l'autre vieux fou qui parlait de miracles.

Je ravale ma fierté, je ravale aussi ma salive et esquisse un faible sourire.

- Ok, tu as raison, il est temps que je me rattrape. Voilà ce qu'on va faire, je vais déguerpir d'ici aussi vite que possible et m'atteler à l'achat des derniers cadeaux. De ton côté, écris-moi un message pour me dire ce que Vincent, Elisabeth et Noémie aiment, ça me simplifiera la tâche... enfin, si tu veux que je sois à l'heure pour le repas de Noël.

Paul la couve du regard alors qu'elle lève son pouce en l'air, accompagnant son geste d'un sourire radieux. Une légère tape sur l'épaule de son mari pour le remercier de m'avoir rattrapé plus tôt et voilà que je tourne déjà les talons en direction de l'escalator. Sur ce dernier, je jette un dernier regard à ma sœur qui, épanouie au possible, se blottit dans les bras de son mari et l'embrasse tendrement.

Et brusquement, sur la gauche, sous le sapin, j'ai le sentiment de voir le Père Noël claquer des doigts et faire apparaître un cadeau pour l'enfant qui se tenait sur ses genoux... je cligne des yeux, grimace et secoue la tête. *Tu deviens barjot mon pauvre vieux.*

* * *

Deux heures plus tard, je quitte le centre commercial avec deux sacs en main. Charline, comme promis, m'a apporté son aide et son soutien en m'écrivant avec précision les goûts des trois derniers convives. Chargé comme un mulet, je manque de glisser sur la première plaque de verglas à la sortie du centre et laisse tomber l'un de mes sacs à terre pour me rattraper à un lampadaire.

- Fais chier, je m'insurge.

-   Rien de cassé ?

Je lève les yeux et retrouve Elisabeth qui me tend le sac que je viens de faire tomber. *Ce n'est pas vrai, tout le monde a décidé de faire ses achats aujourd'hui ?*

-   Tout va bien, merci.

Elle m'adresse un faible sourire.

-   Est-ce que… est-ce que toi, ça va ? je lui demande.
-   Oui, oui. Je suis juste inquiète.
-   Pourquoi ?
-   Franklin.

J'ai envie de soupirer, rouler des yeux et, plus que tout, de déguerpir. La situation me gêne, je ne suis pas encore habitué au fait qu'ils ne s'aimaient plus de cette façon guimauve qu'ont de s'aimer les couples amoureux – comme Charline et Paul – et, surtout, je ne suis pas à l'aise avec le fait qu'elle essaie de me pousser dans les bras de l'homme qu'elle a épousé.

Néanmoins, mon empathie légendaire me pousse à lui demander :

-   Qu'est-ce qu'il lui arrive ?

C'est cet instant qu'elle choisit pour se rétracter, relevant les yeux vers moi et mimant un sourire qui est en parfaite contradiction avec tout ce qu'il se passe au fond de son regard.

-   Rien, laisse tomber, des broutilles.

Je voudrais m'en assurer mais j'ai peur d'avoir l'air intéressé.

Je voudrais ne pas m'en occuper mais j'ai peur de paraître égoïste.

- Tu l'as revu ? me demande-t-elle.

- Oui, ce matin.

- Est-ce qu'il avait l'air d'aller bien ?

- Je crois, oui... enfin, ça ne s'est pas hyper bien passé mais c'est une autre histoire.

- D'accord, d'accord.

Quelque chose ne me rassure pas dans sa manière de fuir mon regard, comme si je pouvais y lire tout ce qu'elle n'osait pas dire. J'ai envie d'approfondir mais à peine ai-je le temps de me dresser complètement face à elle que je l'entends me dire :

- Il faut que j'aille faire des achats encore, on se retrouve ce soir, n'est-ce pas ?

- Oui, oui.

Coupant court à cette conversation de l'irréel et disparaissant dans la foule qui s'avance en direction du centre commercial.

Je la regarde partir en me reprochant de ne pas lui avoir couru après. Je reste prostré quelques instants à observer la foule qui se masse en direction du centre tout en m'interrogeant sur ce qu'elle n'a pas osé me dire. Franklin est-il en danger ? Cette pensée me traverse et me foudroie. Je m'inquiète brusquement pour lui tout en le maudissant d'avoir gâché notre moment, un peu plus tôt dans la journée. Un bip me sort de mes pensées, en attrapant mon téléphone, je découvre un message qui me fait tourner les talons rapidement et lever la main pour héler un taxi.

* * *

Lorsque j'arrive à la maison, je retrouve ma mère sur le porche les traits tirés par l'inquiétude. En me voyant débarquer, je la sens néanmoins se détendre très légèrement. Elle m'ouvre les bras et m'enlace en serrant fort son étreinte.

- Mon garçon, dit-elle en glissant son visage dans mon cou.

- Qu'est-ce qu'il se passe maman, ton message disait qu'il fallait que je rentre à la maison le plus vite possible.

- Viens avec moi, me dit-elle en se dégageant de notre étreinte.

J'attrape la main qu'elle me tend tout en glissant le deuxième sac dans mon autre main. Nous pénétrons à l'intérieur de la demeure où règne désormais des airs de fêtes. Pendant mon absence, mes parents ont sorti les vieilles décorations de notre enfance et Charline m'attend au pied des escaliers. Elle tient entre ses mains un carton tout en affichant un sourire ravi et excité. Je dépose les sacs à l'entrée, me débarrasse de ma veste, de mon bonnet et de mon écharpe et jette un œil inquiet à ma mère.

- Vous allez me dire ce qu'il se passe à la fin ?

Le petit sourire complice qu'elles échangent me fait tiquer. Avant même que je n'aie le temps de m'énerver, Charline prend la parole :

- Il est l'heure de décorer le sapin de Noël.

- Sérieusement ?

Maman glousse légèrement en nous abandonnant dans l'entrée. Je fusille ma sœur du regard en disant :

- J'étais mort d'inquiétude à l'idée qu'il se soit passé quelque chose de grave et pendant ce temps-là, tu m'attendais patiemment pour décorer l'arbre ?

- Quelque chose ne va pas Tommy ?

Rentre vite à la maison, nous t'attendons.

C'était le message que j'avais reçu. En soit, il n'avait rien d'inquiétant, c'est vrai. Ma discussion avec Elisabeth m'avait troublé au point d'y voir un aveu de malheur. La pression retombe automatiquement au regard appuyé que me lance ma sœur. Je secoue doucement la tête.

- Non, non, tout va bien.

- On ne dirait pas pourtant, déjà tout à l'heure au centre commercial tu avais l'air bouleversé.

Sans doute, je pense en m'avançant vers elle. J'esquisse le meilleur sourire que je puisse en la débarrassant de son carton. *Il faut que je me calme,* il faut surtout que j'arrête de tourner en boucle sur Franklin. Ce qu'il s'est passé ce matin m'a donné l'unique certitude dont j'avais besoin pour pouvoir tourner la page. Nous ne pouvons être ensemble, nous passerions notre vie à nous reprocher tout ce que nous ne nous sommes jamais dits. *Il est temps que j'avance,* j'essaie de me convaincre en disant :

-       On va le décorer ce sapin ?

* * *

A peine un peu plus tard, ma sœur se tient droite sur une vieille chaise en osier. Nos parents se sont installés dans l'unique fauteuil du salon en s'y blottissant l'un contre l'autre pour pouvoir nous regarder nous affairer autour de l'arbre. Les guirlandes rouges et argent enrobent ce dernier entièrement. Nous avons suspendu les pains d'épices délicieusement décorés que grand-maman avait passé la semaine à faire en cuisine et les sucres d'orge que Charline avait acheté au centre commercial, un peu plus tôt. Nous y avons également installé des petits cadres dans lesquels nous avons glissé quelques vieilles photographies de famille.

Juchée sur sa chaise, ma sœur tient l'ange que nous avons toujours déposé au sommet de l'arbre. Il n'a pas changé, c'est une constante. Il appartenait à ma grand-maman avant de nous revenir. Il reviendra ensuite à Charline qui en disposera pour la future famille qu'elle va construire avec Paul et la tradition, ainsi, perdurera. N'est-ce pas là la seule raison de ces fêtes ? Faire vivre les plus ancestrales traditions familiales ?

Quand l'ange se dresse tout en haut, finalement, ma sœur redescend et vient se blottir contre moi. Nous observons notre travail en nous félicitant silencieusement du résultat. Mamie s'approche de la vieille platine que nous possédons et y insère un vieux vinyle sur lequel raisonnent quelques chants de fête. Elle y dépose l'aiguille et, doucement, la musique envahit la pièce. Je jette un coup d'œil à mes parents et me réjouis de les voir toujours aussi amoureux malgré les tempêtes traversées et les orages qui ont frappé notre famille – pour la plupart j'en suis la cause et m'en excuse piètrement sans un mot – ce bonheur qui semble les habiter est une bénédiction pour tout le monde.

Grand-maman s'avance vers nous, nous enlace à tour de rôle Charline et moi avant de déposer un baiser sur le sommet de notre front, comme toujours.

-      Il est magnifique votre sapin, dit-elle en souriant.

C'est vrai qu'il est beau.

C'est vrai qu'il me donnerait presque envie de croire à la magie.

* * *

Les premiers invités qui arrivent sont Noémie et Paul, les bras chargés de cadeaux pour toute la famille. Une délicieuse odeur flotte dans l'air, celle du bon repas cuisiné par ma mère et sa mère tout au long de la journée et qui promet d'être un régal. Noémie et moi nous installons près du feu, à même le sol. Nous en profitons pour faire plus ample connaissance et c'est avec surprise que je nous découvre de nombreux points communs. Pendant de longues minutes, nous échangeons sur nos passions respectives. Elle écrit, je danse. Nous partageons nos expériences et elle me fait la promesse de voler à ma sœur un DVD pour voir ce que je fais en échange de quoi je lui promets de lire le manuscrit sur lequel elle planche en ce moment.

Le temps s'égrène doucement lorsqu'on frappe à nouveau à la porte. Mon père accueille ainsi Vincent, un très beau jeune homme d'une vingtaine d'année qui porte le roux comme personne d'autre. Des épaules larges, un sourire à en damner les saints et un léger accent qui danse dans la voix. Mon père me le présente avec une pointe de fierté dans les yeux qui, quelque part, titille ma jalousie. Je fais néanmoins l'effort d'apprendre à le connaître et découvre un garçon délicieux et gentil qui vient à peine de rencontrer sa petite-amie dont il est très amoureux.

Un peu plus tard, Elisabeth arrive enfin.

La première chose qui attire mon œil est cette absence totale de sourire, celui qui avait toujours été suspendu à ses lèvres. Cet étrange air morose qu'elle traine jusque dans le fond de ses yeux. La longue étreinte avec Charline me laisse penser qu'elles partagent toutes deux une information qui me fait défaut pour comprendre ce qui semble avoir éteint la jeune femme depuis notre rencontre au centre. Je me lève, l'accueille également avec politesse mais son regard fuit le mien lorsqu'elle me salue, distraitement.

* * *

A plusieurs reprises, j'essaie de capter son attention sans y parvenir et brusquement, ma soirée ne tourne plus qu'autour d'elle et de ce qu'elle me cache. J'essaie de lui parler mais elle m'évite du mieux qu'elle le peut. Charline observe notre manège mais n'intervient à aucun moment.

- Il est l'heure de la photo, dit mon père en revenant avec un carton.

Je grimace en devinant aisément ce qu'il s'y cache.

A peine le pose-t-il à terre qu'il en sort des pulls tricotés aux couleurs de Noël. Une véritable corvée à laquelle j'avais pu échapper ces dernières années mais qui semblait enfin pouvoir me rattraper. Cette photo consistait en un patchwork de couleurs toutes plus criardes les unes que les autres devant un sapin décoré et lumineux. Tout le monde se prêta au jeu de bon cœur, à une exception, moi.

Je n'étais plus d'humeur à la fête, profondément troublé par le comportement fuyant et étrange d'Elisabeth. J'enfile néanmoins mon pull lorsque vient mon tour et, alors que je crois être au comble du ridicule, notre mère débarque dans le salon avec une floppée de chapeaux de Noël qu'elle distribue à tour de bras. Tout le monde rigole, tout le monde sourit, tout le monde a l'air de s'amuser.

Pas moi.

Complètement hermétique à l'ambiance qui règne dans le salon, je m'installe néanmoins à côté de Charline, à l'extrémité droite, tandis que, discrètement, je vois Elisabeth s'installer à l'autre extrémité, près de Noémie.

Maman pose l'appareil photo, règle le minuteur et vient s'asseoir sur le fauteuil devant nous en compagnie de notre père et notre grand-maman.

Dix secondes, c'est ce qu'il faut pour que le flash se mette à crépiter et que l'instant soit immortalisé.

Une seconde pour me détendre.

Deux secondes pour chasser Franklin de mon esprit.

Trois secondes pour ignorer le comportement d'Elisabeth

Quatre secondes pour me glisser dans la peau d'un gosse qui adore Noël.

Cinq secondes pour afficher un beau sourire.

Six secondes pour détendre mes muscles tendus.

Sept secondes pour me serrer un peu plus contre Charline.

Huit secondes pour faire abstraction de ma matinée désastreuse.

Neuf secondes pour une dose de courage supplémentaire et tenir jusqu'à demain.

Et finalement *dix secondes* pour avoir l'air d'être parfaitement à l'aise sur un cliché dont se délectera tout le monde, une fois que je serai retourné à ma vie d'avant.

CHAPITRE QUATORZE
24 décembre

La soirée est déjà bien avancée lorsque nous finissons le plat principal. Les discussions vont bon train. J'ai appris durant toute la première partie du repas que Vincent, avant d'être engagé dans l'entreprise familiale de mon père, rêvait d'être photographe mais avait abandonné ce projet lorsque son père, accro aux jeux, avait fait un mauvais pari et perdu toute sa fortune. J'avais également découvert que Noémie comptait quitter Trois-Rivières d'ici quelques années pour Montréal et espérait décrocher une place dans une maison d'édition pour pouvoir faire d'une passion une profession et permettre à de jeunes auteurs d'être publiés.

Elisabeth ne disait toujours rien.

Son silence commençait à me mettre de plus en plus mal à l'aise. Le fait que ma sœur, a aucun moment, ne fasse en sorte de l'intégrer à la conversation me laissait également croire qu'elle était au courant de tout ce qui inquiétait la jeune femme.

C'est peut-être pour cette raison qu'au moment même où ma sœur se lève pour débarrasser la table, j'en profite pour l'imiter et la rejoindre en cuisine.

-   Tu vas me dire ce qu'il se passe ?

Elle me tourne le dos, les mains dans l'évier.

- Ce n'est pas à moi de te le dire.

- Donc tu sais quelque chose.

Elle se retourne et son regard est éteint, triste. *Evidemment qu'elle sait,* je pense en m'approchant d'elle.

- S'il te plaît Charline, j'en peux plus de cette ignorance.

- Elisabeth…

- Elle ne veut rien me dire, je sais. Ce que j'ignore, c'est pourquoi.

- Il paraît que tu as été odieux avec Franklin ce matin.

Bêtement, je laisse tomber l'assiette que je tiens entre les mains et qui se brise sur le sol. Aussitôt, notre mère débarque dans la pièce, inquiète. D'un simple regard, je lui fais comprendre que tout va bien et lui demande de nous laisser seuls. Charline se tient droite devant l'évier et me regarde ramasser les morceaux sur le sol.

- C'est plus compliqué que ça, Cha'. C'est injuste aussi.

- Explique-moi dans ce cas.

- Ça ne te concerne pas.

- Elisabeth est ma meilleure amie, s'emporte-t-elle.

- Je n'ai rien demandé, tu sais, et surtout pas à me retrouver entre vous ni entre eux.

- Peut-être mais ça ne te donne pas le droit d'être méprisant.

Son regard a changé, je le reconnais à peine lorsque je me redresse. Nous n'avons pas l'habitude de nous affronter, encore moins de nous disputer. Notre entente a toujours été cordiale et profondément bonne. Je n'ai que de l'amour à lui donner mais brusquement, j'ai le sentiment d'entrer en guerre avec une partie de moi-même. Je la fusille en me débarrassant de la vaisselle cassée dans la poubelle.

- Il m'a reproché de n'être jamais revenu à Trois-Rivières.

- Il n'a peut-être pas tort.

Je m'arrête net dans mes mouvements, je lève les yeux vers elle.

- Tu plaisantes j'espère.

- Non Tommy, pas cette fois.

- C'est lui qui m'a brisé le cœur, c'est à cause de lui que je suis parti.

- Tu te répètes.

- J'en ai largement mérité le droit, tu ne crois pas ?

- Tu sais quel est ton problème ?

- Je suppose que tu vas te faire un plaisir de me le dire.

- Tu t'interdis le droit d'être heureux.

- C'est n'importe quoi…

- Non, c'est vrai. Toutes ces années, c'est être malheureux qui t'a permis de te convaincre que tu avais fait les bons choix, qu'abandonner ta famille était excusable et justifiable. Tu t'es construit sur tes désillusions pour ne pas avoir à te sentir responsable du mal que tu faisais à tes proches.

Je la regarde sans dire un mot, pris au cou par ses reproches.

- Aujourd'hui, tu as une chance de retrouver le bonheur mais tu refuses d'y croire parce que tu as trop peur qu'en le goûtant, tout ce que tu as construit jusque-là s'effondre, que plus rien n'ait de sens. Être aigri ne t'apportera rien de bon, bien au contraire. A la fin de ta course, tu te retrouveras seul à faire le bilan de tout ce que tu auras perdu par pur orgueil.

Elle essuie ses mains au torchon et m'abandonne sur ces belles paroles. J'ai l'estomac qui tourne et tourne encore, j'ai le ventre qui gronde et les muscles qui se crispent. Elle vient de me mettre K.O. et je me sens, brusquement, bien bête dans cette cuisine à observer le reflet de mon image qui se dessine sur la fenêtre en face de moi.

Est-ce seulement vrai ? Ai-je passé mon temps à fuir le bonheur pour ne surtout pas avoir à me reprocher mes décisions passées et tout ceux que j'avais laissé derrière moi ? Je refuse d'y croire et pourtant...

- Son père a fait un infarctus.

Elisabeth se tient droite derrière moi, les bras croisés sur sa poitrine, à l'entrée de la cuisine. Quand je me retourne, elle plonge ses yeux dans les miens sans sourire. Je reste con, un instant de trop, alors qu'elle ajoute :

- C'est arrivé juste après ton départ de la patinoire.

- Où est-il ? je m'entends lui demander, la voix tremblante.

- A l'hôpital.

Je ne réponds rien. Je fais volte-face, traverse la cuisine, dépasse Elisabeth et rejoins l'entrée sous les exclamations de ma mère qui s'insurge de me voir partir alors que le dessert n'a toujours pas été servi. Sans dire un mot, sans même lui répondre, j'enfile ma veste, mon écharpe et mon bonnet et disparais dans la nuit sous des trombes de neige.

* * *

Personne ne devrait jamais se trouver dans ce genre d'endroit un soir de fête. Malgré les décorations installées par le personnel médical, les lieux sont moroses et sinistres. Les couloirs sont blafards, les lumières sont aveuglantes. A l'accueil, la réceptionniste m'a indiqué le numéro de la chambre mais m'a informé que les visites étaient autorisées uniquement aux membres de la famille. Le cœur serré, j'ai rejoint l'étage au pas de course et, dans la salle d'attente, je me suis assis sans savoir si je me sentais responsable de cette situation ou si je devais m'en dédouaner en partant du principe que je n'aurais pas pu y changer grand-chose, même si je n'avais pas écourté notre rendez-vous.

C'est quand il apparaît devant moi que je prends la mesure du poids de ma culpabilité. Je me lève alors qu'il remarque enfin ma présence. Ses yeux sont tristes, il vient de pleurer. Ses épaules sont légèrement voutées, comme s'il portait le poids du monde sur ses épaules. Je m'avance, je ne dis rien et écarte les bras face à lui. Il reste un moment surpris de ma présence mais, très rapidement, il avance d'un pas et se blottit contre moi.

Nous nous retrouvons ainsi dans une étreinte silencieuse.

Les mots me manquent, c'est vrai, pour justifier mon absence tout ce temps. J'aimerais remonter le temps, me défaire de cette rancœur que j'avais nourri à son égard et rentrer à la maison plus tôt. Le chercher, le retrouver, lui donner le droit de m'expliquer, de s'excuser. J'aimerais remonter le temps jusqu'à ces hypothétiques retrouvailles dans une jeunesse qui nous a été volée et lui dire que je serai là, désormais, pour toujours. Lui raconter mes sentiments, lui confier mes angoisses mais ne surtout pas craindre de l'accueillir dans ma vie comme il avait dû craindre de me parler de tout ce qu'il avait vécu alors que nous n'étions que des gosses.

J'aimerais me montrer plus ouvert, peut-être. Accepter que les choses ne soient jamais ce qu'elles sont vraiment tant qu'on n'a pas pris le temps de les observer de tous les points de vue. J'aimerais tout et son contraire, ici, Franklin dans mes bras. Mon myocarde se cale au rythme du sien que je sens battre contre ma poitrine alors que je l'entends sangloter dans mon cou. Je resserre un peu plus l'étreinte et laisse le temps nous échapper pour me défaire sans doute de tout ce qui nous a toujours séparés.

* * *

- Je suis désolé.
- Pourquoi tu t'excuses ?

Nous avons pris un café au distributeur et attendons désormais patiemment qu'une infirmière vienne nous rassurer sur l'état de santé de son père. Dehors, la neige continue de tomber, les lumières éclairent encore la ville et, de l'étage où nous nous trouvons, nous voyons même les chorales s'époumoner aux quatre coins de Trois-Rivières. Nous sommes côte à côte, face à cette fenêtre.

- J'aurais dû revenir plus tôt, tu as raison.
- Tu étais brisé Tom.
- Tu l'étais aussi et je n'en avais pas idée.
- On ne remonte pas le temps.
- On devrait peut-être, parfois.

Je le vois qui m'adresse un léger sourire dans le reflet de la fenêtre.

- A quel point tu m'aimes Tom ?

La question ne me surprend pas, je la lui avais posée la veille.

- Au point de croire aux miracles.

Je lui réponds, en écho à sa réponse.

- Si ça doit se produire, c'est le moment idéal.

Sans doute, je pense en portant la boisson à mes lèvres.

CHAPITRE QUINZE
24 décembre

Voilà plus d'une heure que nous sommes face à cette fenêtre lorsque j'entends du bruit provenir de l'ascenseur. Un véritable capharnaüm qui, pourtant, me paraît étrangement familier. Le temps que je me retourne, je vois apparaître dans la salle d'attente mes parents, ma grand-maman, ma sœur et son mari, ma belle-sœur, Vincent et même Elisabeth. Pris de court, j'ouvre grand la bouche en les voyant s'avancer jusqu'à nous les bras chargés de paquets.

Un rapide coup d'œil à Franklin et je vois son visage qui s'illumine.

- On a pensé qu'un peu de compagnie vous ferait du bien, s'exprime Charline.

- On a apporté le dessert, annonce ma grand-maman.

- On a même pris les cadeaux, dit Noémie.

Brusquement, l'atmosphère change dans la pièce où nous nous trouvons. Les décorations semblent se charger d'électricité et étinceler davantage tout autour de nous, les infirmières nous adressent sourires et salutations en passant, les quelques autres personnes qui patientaient ici se joignent également à nous et, tous ensemble, nous partageons pain d'épices, bricelets, pudding chômeur et beignes canadiens autour d'un verre de vin chaud que mon père, pour l'occasion, a emporté avec lui en quittant la maison.

A côté de Franklin, je le regarde se réjouir de la situation tout en glissant ma main dans son dos. Elisabeth, à l'autre bout de la pièce, m'adresse un léger clin d'œil et je retrouver, sur son si beau visage, le sourire singulier que je lui ai toujours connu. Elle semble soulagée, satisfaite presque.

-    Je… je peux te parler, intervient Charline dans mon dos.

Je me retourne vers elle, abandonne Franklin près de ma grand-maman qui se fait une joie de l'interroger à notre sujet et maudis en silence ma famille qui va sans doute se faire un plaisir de me mettre mal à l'aise en lui racontant bons nombres d'anecdotes toutes plus embarrassantes les unes que les autres.

A l'écart de la fête, Charline me tire par la main et m'entraîne dans le couloir. Elle glisse ses yeux dans les miens, ils brillent légèrement et je sais ce que ça signifie. Je masse ses épaules de mes deux mains avant de l'entendre me dire, d'une petite voix :

-    Je suis désolée.

-    Tu n'as pas à l'être, tu avais raison.

-    Je n'aurai pas dû te parler comme je l'ai fait.

-    J'en avais sûrement besoin.

C'est le propre de notre famille, sans doute, de se sentir concerné par tout ce que nous faisons. J'avais oublié, avec le temps, le lien étroit qui nous réunissait tous les cinq et qui avaient fait sans doute de mon enfance la plus formidable des aventures. Elle se blottit contre moi avec douceur et j'accueille cette étreinte comme je l'ai toujours fait. Ce soir, pourtant, je laisse tomber les dernières barrières en sanglotant silencieusement.

* * *

A ma plus grande surprise, ma famille avait prévu suffisamment de cadeaux pour ravir toutes les personnes présentes dans la salle lorsque vient le moment de les distribuer. Les infirmières reçoivent pour l'occasion de petits sachets remplis de sucreries confectionnés par ma grand-maman, un jeune homme qui attendait patiemment qu'on lui donne des nouvelles de sa sœur reçu un pull en laine aux couleurs de Noël et Franklin eu la primeur d'obtenir une boule à neige qu'avait confectionné ma mère et qui consistait en une sorte de tradition dans la famille.

Les sourires, les effusions de joie ont envahi l'espace en si peu de temps que je me sens légèrement dépassé par la situation. J'accueille néanmoins les chants de Noël avec plus d'engouement que je ne m'en serais cru capable lorsque ma sœur lance la musique et nous invite à la rejoindre.

Cette atmosphère bien légère contraste avec les lieux. Franklin a l'air de s'amuser et, pour autant, je ne me sens pas pousser des ailes. J'évite tout contact pour ne brusquer personne dans l'assistance, ne sachant pas si je dois le considérer désormais comme un ami que je retrouve ou un vieil amour perdu qui renaîtrait de ses cendres. Les regards qu'il me lance à plusieurs reprises m'électrisent, si bien que j'en oublie parfois qu'Elisabeth est dans la même pièce que nous.

Finalement, après plusieurs heures d'euphorie, nous voyons une infirmière entrer et chercher du regard le fils de Nicolas Tremblay. L'air se charge dès lors d'un poids nouveau, la musique s'arrête aussitôt et le visage de mon ami s'assombrit. L'infirmière le remarque et s'en approche. Elle esquisse un léger sourire avant de lui dire :

- Votre père va bien, il va s'en sortir.

Je recule d'un pas, près de la fenêtre, le cœur gros. Une pression disparaît de mes épaules à cette nouvelle improbable qui nous tombe dessus à l'instant. Je jette un regard à l'horloge mural et remarque que la grande aiguille vient de rejoindre la petite sur le chiffre douze. Un léger tintillement raisonne mais je crois que personne ne l'entend… tout le monde est encore suspendu aux lèvres de l'infirmière qui donne ses recommandations à Franklin alors qu'une lueur claire attire mon regard à l'extérieur.

Je plisse légèrement les yeux pour mieux voir. La neige tombe encore mais l'étrange lueur semble se déplacer, survoler la ville. Le tintillement se poursuit, plus fort et plus audible à présent. Je vois la boule de lumière qui se rapproche et mon ventre se tord, je me penche plus avant pour en découvrir l'origine quand, soudainement, ce que je crois apercevoir me glace le sang. *C'est impossible,* et pourtant, il passe devant la fenêtre dans un éclat de rire, la cloche à la main, perché sur son traineau. Le vieil homme du centre commercial qui m'adresse un clin d'œil. *Je perds la tête,* c'est sûrement ça, j'ai abusé du vin chaud… mais sa voix raisonne brusquement dans le silence de la nuit et je l'entends qui me répète : *la magie et les miracles existent Thomas, c'est pour cette raison particulière qu'a été inventé Noël. Ouvre leur ton cœur, c'est le plus beau cadeau que tu pourras te faire.*

Je reste scotché à la fenêtre, le temps que la vision disparaisse et que la lueur s'évapore dans le ciel, parmi les flocons.

- Tout va bien ?

La main d'Elisabeth se presse sur mon épaule alors que je me retourne vers elle, encore sous le choc.

- J'ai… je…

Je suis pourtant bien incapable de formuler cette phrase qui se meurt aux portes de mes lèvres tant elle me paraît irréelle. Elisabeth regarde rapidement par la fenêtre et noie ensuite ses iris dans les miennes.

- C'est le miracle de Noël, me dit-elle dans un sourire entendu.

CHAPITRE SEIZE
25 décembre

J'ouvre les yeux sur sa poitrine qui se gonfle délicatement au rythme lent de sa respiration. Par je-ne-sais quel miracle, en quittant l'hôpital au milieu de la nuit après avoir été au chevet de son père quelques instants, Franklin a insisté pour que je passe la nuit avec lui. Si j'ai eu du mal à accepter au premier abord, par respect pour Elisabeth et leur mariage, j'ai finalement décidé d'accepter en le rejoignant dans sa voiture sous le regard encourageant de ma sœur qui, au bras de son mari, quittait les lieux en même temps que nous.

Arrivé chez lui, j'ai été surpris de constater à quel point sa vie était bien rangée et parfaitement organisée. La décoration de la maison qu'il partageait avec Elisabeth était sensiblement proche de ce que l'on pouvait voir dans de célèbres magasines immobiliers. Anxieux à l'idée de m'introduire dans ce ménage, il avait calmé mes angoisses en m'annonçant que sa femme avait accepté d'aller dormir chez sa meilleure amie afin de nous laisser un peu d'intimité. Ce premier malaise dépassé, je m'étais alors laissé guider par cet homme de pièces en pièces tandis qu'il me préparait un chocolat chaud. Nous avions discuté des heures durant, jusqu'aux premières lueurs du soleil, en redessinant le relief de nos vies respectives, loin l'un de l'autre. Il m'avait raconté son mariage, son emploi de professeur au lycée de la ville et tout le plaisir qu'il prenait à voir évoluer sur la glace de jeunes espoirs canadiens, comme il l'avait été en son temps. Il m'avait également fait plonger dans sa vie conjugale, me faisant comprendre par bien des détours qu'Elisabeth et lui avaient toujours partagé une amitié sincère et profonde bien que l'amour n'ait jamais vraiment été au rendez-vous, qu'ils avaient beaucoup de peine à se détacher l'un de l'autre tant l'affection qu'ils se portaient était sincère. J'aurais pu me sentir jaloux ou envieux mais j'avais recueilli ses confidences avec beaucoup d'empathie et de compassion, comprenant bien malgré moi qu'il avait toujours gardé la place libre dans son cœur… cette place qu'il avait espéré m'offrir depuis longtemps.

De mon côté, je m'étais ouvert à lui et lui avais décrit sans manquer le moindre détail mon aventure dans la capitale française, mes voyages aux quatre coins du monde et les concerts auxquels j'avais eu la chance de participer. Je lui avais confié, non sans rougir un peu, qu'aucun homme n'avait réussi à se faire une place depuis qu'il l'avait laissée vacante et, en pénétrant dans sa chambre sous le faible éclairage du soleil qui venait de se lever, je l'avais observé tirer les rideaux pour nous plonger dans la pénombre en tremblant légèrement. Il avait retiré ses vêtements et je m'étais délecté de la vision de son corps comme jamais je n'avais su parfaitement l'idéaliser. Il s'était approché de moi, pratiquement nu, et m'avait encouragé à l'imiter. Timidement, j'avais retiré mes vêtements juste avant qu'il ne m'étreigne. Peau contre peau, nous étions restés immobiles et droits dans le silence de sa chambre, savourant un court instant nos retrouvailles avant de nous allonger l'un contre l'autre et de nous endormir.

En ouvrant les yeux, je découvre avec stupeur qu'il n'est pas parti. Ce qui m'avait semblé un rêve prend forme brusquement devant moi alors que je joue du bout des doigts avec la légère fourrure qui orne le sommet de son torse. Lorsqu'il ouvre les yeux, il les plonge automatiquement dans les miens et m'adresse un large sourire. Nous ne nous disons rien, nous contentant de nous embrasser avant de nous enlacer une fois encore. A aucun moment, il ne me brusque ou ne me force à agir comme je ne saurais le faire. Je refuse de céder à mes désirs les plus profonds dans un lit qu'il a partagé pendant des années avec la femme qu'il avait épousé alors qu'il était à peine adulte.

* * *

Dehors, les chants se sont arrêtés en même temps que la nuit s'est évaporée. Noël s'est éteint mais les décorations enchantent encore les paysages enneigés. Le temps semble clément, empreint d'une certaine féérie. Debout contre l'évier, je tire une tasse de café dans un jogging qu'il m'a prêté pour l'occasion. A l'étage, je l'entends qui se douche pendant que je termine de nous préparer le petit-déjeuner. Lorsqu'il me rejoint finalement, il s'installe à la table sans se départir de ce sourire enchanteur.

- Qu'est-ce qu'il va se passer maintenant, Tom ?

Cette question a hanté ma nuit, jusqu'à notre réveil. Cette même question qui met tout en relief, bouscule tout de mes projets et me force à voir les choses sous un angle différent. Je bois une gorgée de mon café tandis qu'il termine son pancake.

- Je n'en sais rien.
- Il reste encore un jour, me dit-il malicieux.
- C'est vrai.
- J'ai peut-être encore le temps de changer tes plans.

Je ne dis rien mais ne détache pas mon regard du sien. Y aurait-il assez de vingt-quatre heures pour me faire prendre une décision capable d'influer le reste de mon existence ?

- Tu as l'air songeur, me dit-il.
- Je pense à mes parents, ils doivent s'inquiéter.
- Je crois qu'ils sont assez vieux pour comprendre ce qu'il s'est passé cette nuit, non ?

Je rougis, malgré moi.

- Sans doute.

Il glisse sa main sur la table et attrape la mienne.

- J'ai quelque chose à faire ce matin mais j'aimerais beaucoup qu'on se retrouve dans le centre en milieu d'après-midi.

Je souris faiblement.

-   Avec plaisir.

Il m'adresse un léger clin d'œil en terminant de petit-déjeuner. Sans un mot, je l'imite en achevant mon café, bien décidé à rentrer à la maison me changer avant de me rendre à ce deuxième rendez-vous qui, je l'espère, se révélera moins compliqué que le premier.

* * *

A la maison, ma mère m'attend de pied ferme sur le porche lorsque j'arrive enfin. Une tasse de chocolat à la main, elle est assise sur la balancelle que nous avait installé notre père. Elle me regarde m'installer près d'elle, reprenant de concert le rythme délicat avec lequel elle se balançait.

-   Tu as bien dormi mon grand ?
-   Oui, très bien.

Elle ne dit rien, ne fait aucun sous-entendu, mais rapidement, elle reprend la parole :

-   Quelque chose te tracasse, n'est-ce pas ?
-   Oui, tu as raison.
-   Tu veux en parler ?

Je tourne la tête vers elle, glisse mes yeux dans les siens. *Peut-être,* mais comment articuler toutes ces interrogations qui se bousculent dans ma tête.

-   C'est compliqué…
-   C'est parce que tu rends les choses compliquées.
-   Peut-être.

- C'est à propos de Franklin ?

Je détourne le regard, le plonge sur les monticules de neige devant nous. J'aimerais que chaque journée commence comme ce matin…

- C'est un homme bien, me dit-elle.
- Je sais.
- Il t'aime, ajoute-t-elle.
- Je sais.
- Et tu l'aimes aussi.

La force de ses certitudes m'arrache un sourire.

Ma mère est intelligente, sans doute plus que la moyenne. Elle est sensible aussi, trop pour ignorer ce qu'il se passe et ne pas remarquer l'évidence même de sentiments qui me foudroient. *Bien sûr que je l'aime,* je n'ai jamais cessé de l'aimer.

- Et si ce n'était pas suffisant ? je lui demande.
- Il n'y a qu'un moyen de le savoir.
- J'ai peur.
- C'est normal.
- Qu'est-ce que je dois faire maman ?

J'ai quinze ans à nouveau, j'ai envie de me blottir dans l'alcôve doucereuse et chaleureuse de ses bras. J'ai envie de disparaître sous ses conseils et son amour et de m'enfoncer dans son odeur familière et réconfortante. J'ai quinze ans à nouveau, je doute de tout à commencer de moi et j'ai besoin qu'elle me rassure, qu'elle calme mes angoisses et qu'elle embrasse mes petites plaies pour les faire disparaître. J'ai quinze ans à nouveau, j'ignore tout de ce que j'affronte et j'aimerais qu'elle m'explique, me guide, m'encourage et me soutienne.

- Tu as passé toutes ces années à te plonger dans ta carrière, à mettre de côté ton cœur en essayant de t'épanouir sur scène. Peut-être qu'il est temps de faire la place belle à tes sentiments et de laisser ta carrière de côté. Le bonheur est un sentiment étrange, tu sais. La plupart d'entre nous passe sa vie à sa recherche sans jamais se rendre compte qu'il est parfois juste là, sous nos yeux.

Elle parle avec justesse, choisit ses mots avec attention. Elle sait parfaitement ce qu'elle veut me faire comprendre et je n'ignore pas le sens exact de ses propos. Je tourne la tête vers elle et affiche un sourire plus grand. Elle passe une main sur mon visage, comme elle le faisait quand j'étais enfant.

- Tu mérites d'être heureux Tommy.

Elle se lève et me laisse seul sur cette phrase. Je la regarde s'en aller avant de ramener mes jambes en tailleur sur la balancelle, laissant le doux balancement me bercer un court instant. L'image de cette lueur me revient en mémoire, un mystère indéchiffrable auquel je n'arrive plus à me soustraire. Un signe ou peut-être un véritable acte de magie.

* * *

Je retrouve Franklin dans le centre-ville à peine quelques heures plus tard. Vêtu d'un long manteau gris, il tient entre ses mains deux billets qu'il soulève joyeusement en me voyant arriver. La neige ralentit légèrement ma progression mais rapidement, je me retrouve à sa hauteur. Je lève les yeux sur l'imposant cinéma qui nous fait face en souriant. J'avais gardé d'excellents souvenirs de cet endroit, comme beaucoup d'entre nous.

-      Qu'est-ce que tu me réserves ? je lui demande en me soufflant sur les mains pour me réchauffer.

Fièrement, il me tend les billets sur lesquels est inscrit le nom d'un vieux film en noir et blanc – *Casablanca* – que, je me souviens, nous avions été voir ensemble autrefois, tous deux passionnés par les vieilles romances. Je relève mes yeux vers lui en souriant d'autant plus.

-      Je n'y crois pas, ils passent encore ce vieux navet ?

-      Pas exactement, me dit-il en riant faiblement.

-      Attends, tu n'as quand même pas réservé la salle pour une projection privée ?

Son silence comme simple réponse. Il m'attrape la main.

-      Allez viens, ça serait dommage de louper les bandes-annonces.

Il m'entraîne avec lui dans un rire communicatif.

* * *

Le reste de l'après-midi se déroule de manière affreusement simple. *Affreusement* parce qu'il n'existe aucun instant pendant lequel je ne peux m'imaginer vivre autrement. *Affreusement* parce que la banalité de nos activités me donne l'impression d'avoir toujours appartenu à ce monde.

Sa main ne lâche la mienne qu'en de rares occasions et, à bien des égards, je suis surpris de la facilité avec laquelle il affiche clairement notre relation sans se poser plus de questions. Après le cinéma et la séance de câlinage traditionnelle dans l'ombre – je ne pouvais pas m'y soustraire, ç'aurait été mal élevé – nous avions marché jusqu'à un café, nous y avions échangé deux boissons chaudes avant de continuer notre balade jusqu'au petit marché de Noël qui existerait encore jusqu'à la Saint-Sylvestre. Il m'y avait offert un sucre d'orge et un verre de vin chaud que nous avions partagé en parfaite intimité. Le monde autour n'existait que pour nous permettre de prolonger notre rendez-vous.

Quand la nuit était tombée, il m'avait fait longer le fleuve Saint-Laurent pour nous délecter des péniches illuminées qui y naviguaient paisiblement. Il existait ici un charme bucolique que je n'avais jamais retrouvé nulle part, comme suspendu entre deux époques. La magie des décorations suspendues un peu partout et cette simplicité avec laquelle les gens pouvaient vous saluer, échanger quelques mots et prendre de vos nouvelles.

A de nombreuses reprises, on avait arrêté Franklin pour lui exprimer soutien et encouragement quant à la situation de son père. Nous avions évité soigneusement le sujet pour ne jamais briser la magie qui semblait nous envelopper.

* * *

Il est plus de vingt-deux heures lorsque Franklin me raccompagne chez moi. Il a insisté pour que je ne rentre pas seul. Face à la demeure familiale, il me tient les mains sans se départir de son sourire. Je sens le regard de mes parents à la fenêtre, bien qu'ils fassent de leur mieux pour avoir l'air discrets. Mes joues rougissent légèrement alors qu'il me vole un nouveau baiser, une habitude qu'il semble avoir déjà prise et qui me soulève le cœur à chaque fois.

- C'était une journée magnifique, me dit-il.
- Oui, ça faisait longtemps que je n'avais pas vécu une si belle journée.

Il se tait, mais l'intensité de son regard s'exprime pour lui.

- Je suis désolé, je m'entends lui dire.
- Désolé de ?
- De devoir repartir.

Il semble déçu, bien sûr. Il ne dit rien, fait de son mieux pour avoir l'air à l'aise avec la situation. Je déglutis, ravale ma salive.

- Tu comprends… ma carrière…
- Bien sûr, dit-il rapidement en lâchant mes mains.

Le pas qu'il fait pour reculer ne laisse aucun doute à ce qu'il ressent. Je voudrais le retenir mais j'en suis tout bonnement incapable. Si la journée a été bonne, je n'arrive toujours pas à me convaincre que toute cette histoire a un sens.

- C'était cool, en tout cas.

Ça me paraît bien saugrenu venant de sa part alors qu'il ouvre la porte du taxi qui venait de nous conduire jusqu'ici. Je pourrais tendre la main et le retenir mais quelque chose m'en empêche toujours. Il m'adresse un dernier sourire avant de s'assoir à l'arrière du véhicule. Je reste stoïque un court instant, à peine le temps de le voir s'en aller en me le reprochant.

CHAPITRE DIX-SEPT
26 décembre

Ma sœur entre en trombe dans la chambre alors que j'ouvre à peine les yeux. Elle se jette sur mon lit avant même que je remarque la présence d'Elisabeth derrière elle. Pris de court, j'émerge difficilement de cette nuit catastrophique que je viens de passer à ressasser la journée de la veille tout en m'en voulant d'être trop lâche pour oser tout abandonner et écouter les sentiments qui bouillonnent dans mon cœur.

- Tu n'as pas osé faire ça quand même, s'insurge-t-elle.

Elisabeth se glisse dans la chambre doucement alors que mes yeux se plantent dans ceux de Charline. A peine sorti de mes rêves, j'ai peine à comprendre ce qu'elle veut dire.

- Tu l'as envoyé paître après tout ce qu'il a fait pour toi.

Les choses prennent tout leur sens, brusquement.

Je me redresse dans le lit, ne prêtant pas même attention à ma tenue légèrement indécente avant que la meilleure amie de ma sœur se mette à rougir en détournant les yeux. J'attrape le premier t-shirt que je trouve et fusille les filles du regard.

- Je peux savoir ce que vous faites ici à cette heure ?

-       Franklin m'a raconté votre journée et la manière peu élégante dont tu avais coupé court à tout ça en lui faisant comprendre que tu repartirais aujourd'hui.

-       C'est ignoble Tommy, lance ma sœur.

Je grimace légèrement en posant les pieds à terre. Je prends une grande respiration avant de leur dire :

-       C'est traître de me prendre au saut du lit.

-       Ton avion décolle dans trois heures à peine, on n'allait pas attendre que tu partes.

-       Il fallait qu'on te dise quelque chose avant, intervient Elisabeth.

Piqué dans ma curiosité, j'enfile un jogging qui traîne au sol sans perdre une miette de ce qu'elle a l'air d'avoir envie de me dire.

-       Il est allé voir son père.

-       C'est plutôt logique vu ce qui est arrivé.

-       Tu ne comprends rien grand nigaud, dit ma sœur.

-       Il est allé voir son père pour lui parler de toi.

Elles marquent une pause, me laissant tout à mes réflexions. *C'est donc ça qu'il devait aller faire après notre petit-déjeuner ?* Je ravale ma salive difficilement en relevant les yeux vers Elisabeth.

-       Comment ça ?

Après un rapide regard lancé à ma sœur, elle prend la chaise de mon bureau et s'y installe. Elle croise les jambes avec élégance avant de planter ses yeux dans les miens.

-       Il y a une chose que je ne t'ai pas dite Thomas.

- Quoi ?

- Quand Charline a reçu ta réponse à son invitation, elle est venue me l'annoncer. Ce soir-là, j'en ai parlé à Franklin en sachant pertinemment ce que ton retour impliquerait. Nous avons discuté des heures durant et, pour la première fois depuis longtemps, il s'est enfin ouvert à moi. Cette nuit-là, il m'a expliqué qu'il aimait les hommes depuis toujours mais qu'il n'avait jamais eu le courage d'en parler à qui que ce soit, il m'a raconté votre histoire et m'a confié ce qu'il ressentait à ton égard.

- C'est impossible... vous vous êtes disputés le soir de l'enterrement de vie de jeune fille.

- Ce n'était pas à cause de ça, Thomas. Ce soir-là, ne tenant plus en place, il comptait aller voir son père pour tout lui dire, mais je l'ai convaincu d'attendre. Il s'est emporté contre moi en pensant que je refusais de vous laisser une chance. En rentrant cette nuit-là, je l'ai trouvé prostré dans notre lit, il n'avait pas bougé et s'était résigné à attendre encore un peu avant de lui en parler.

- Pourquoi tu me dis ça maintenant ?

- Nous sommes en procédure de divorce depuis deux mois.

Je manque de m'étouffer avec ma propre salive en prenant conscience de ce tout ce qu'il se passait dans mon dos et dont je n'avais pas connaissance.

- Attends, attends, attends… tu es en train de me dire que Franklin et toi avez pris cette décision en apprenant mon retour en ville, pourquoi ?

- Parce qu'il crevait d'envie de te reconquérir, de profiter de cette occasion pour pouvoir te dire tout ce qu'il n'avait jamais été capable de te dire et obtenir ton pardon.

- Pourquoi me le dire à présent ?

- J'aurais pu t'en parler tout de suite, j'aurais pu t'expliquer que nous n'étions pas heureux et qu'il avait demandé le divorce, j'aurais pu te dire qu'il t'aimait encore et qu'il attendait ton retour avec impatience. Je ne voulais pas que ton jugement soit obstrué par tout ce qu'il avait sacrifié et tout ce qu'il avait traversé pour en arriver à cet instant précis. Je voulais le protéger d'une déception en te préservant de la vérité pour être sûre que tu choisisses de rester parce que tu l'aimes vraiment.

- Et c'est le cas, n'est-ce pas Tommy ? interrompt ma sœur.

- Bien sûr que c'est le cas, je réponds, interdit.

- Alors pourquoi tu le repousses encore une fois ?

Elisabeth attend certainement une réponse de ma part, à la lumière de ces nouvelles révélations, mais je suis tout bonnement incapable d'expliquer ma décision. Au pied du lit trône fièrement la valise que je n'aurai pas de mal à refermer sur cette aventure, je le sais. *Y suis-je seulement prêt ?* Je lève les yeux vers Charline quand elle reprend :

- Noël vient de t'offrir le plus beau des cadeaux et tu serais capable de le sacrifier pour ta carrière ?
- C'est plus compliqué que ça.

C'est parce que tu rends les choses compliquées, me disait ma mère hier.

Je regarde l'heure sur mon téléphone, je regarde les filles à tour de rôle. On parle souvent de carrefour lorsqu'on parle d'amour. Comme s'il était indispensable de faire un choix lorsque ce dernier se présente à nous. J'aimerais que les choses soient plus simples, d'une évidence qui me couperait le souffle. J'aimerais choisir Franklin sans avoir à me sentir toujours trahi par ses mensonges et mes vieilles rancœurs. J'aimerais le rejoindre et lui dire que je le choisis lui sans que ça ne m'apparaisse comme insurmontable ou dangereux. Je rêve d'un amour pur, d'un amour sincère, de ceux qui vous terrassent et vous foudroient, de ceux qu'on expose dans toutes les comédies romantiques populaires. Je rêve d'un homme qui ne me blesse pas, qui ne me trahisse pas, qui m'aime pour ce que je suis et soit tout bonnement incapable de me mentir.

Je rêve d'un homme qui me choisisse.

C'est ce qu'il a fait, pourtant. A l'instant même où il avait appris mon retour à Trois-Rivières, il avait déjà commencé à faire le ménage dans l'hypocrisie de son existence, il m'avait fait place nette avant même que je ne pose le pied sur le tarmac de l'aéroport. Qu'est-ce que j'attendais de plus pour me décider, au fond ?

-   Qu'est-ce que tu vas faire maintenant Tommy ? me demande Charline.

Je ramasse mes affaires rapidement, les glisse dans ma valise et ferme cette dernière sous leur regard interdit. Je me dresse finalement devant elle et noie mon regard dans celui d'Elisabeth.

-   Demande-lui de me retrouver à l'aéroport dans une heure.

-   Pourquoi ? Tu t'en vas ? me demande Charline.

Je sais parfaitement ce que sous-entend cette question. Pire encore, je devine aisément le mal que ça lui fait d'avoir à imaginer que je l'abandonne une seconde fois. Une semaine, voilà ce que nous avons partagé. Une semaine pour rattraper plus de dix ans d'absence. J'attrape son visage entre mes mains, j'embrasse son front.

-   Je vais revenir, je lui promets.

Son regard s'illumine légèrement.

-   Quand ?

-   Très vite, c'est promis.

-   Alors on ne se dit pas au-revoir ?

-   Pas cette fois.

Elle se lève brusquement et m'enlace avec puissance. Elle embrasse mon cou, me laisse ensuite me dégager et jette un regard satisfait à Elisabeth. Cette dernière se lève à son tour, pose sa main sur mon épaule au passage et me glisse :

-   Prends soin de lui, je t'en prie.

-    C'est promis.

Elles disparaissent alors toutes les deux de la chambre, me donnant l'occasion de me changer une nouvelle fois et de terminer de préparer ma valise.

* * *

Cette fois nous y sommes, le fameux carrefour. Je le vois, juste devant moi, il se matérialise si concrètement qu'il m'en donne le vertige. Une demi-heure plus tôt, je disais au-revoir au reste de ma famille à renfort de grandes embrassades et de larmes. Ma grand-maman m'avait fait promettre de revenir très rapidement en me menaçant de laisser sa santé se dégrader si jamais je ne respectais pas cet accord tacite. Mes parents m'avaient glissé de quoi manger durant mon vol et s'étaient retenus de me faire un quelconque reproche sur ce départ, malgré tout, anticipé.

Le trajet en taxi avait été éclairé d'une lumière nouvelle. Partout autour de moi, j'avais le sentiment d'entendre des chants de Noël qui parlent d'espoir et d'amour. Je m'étais perdu dans la contemplation de cette ville dans laquelle j'avais grandi et qui ne m'avait pourtant jamais manqué autant qu'elle pouvait le faire aujourd'hui. J'avais abandonné sur la route tout ce qu'elle m'avait fait mal pour ne me concentrer plus que sur ce qu'elle comptait bien m'offrir d'ici à peine une petite heure.

A l'aéroport, j'avais d'abord été au guichet récupérer mon sésame avant de venir me tenir droit, à l'extérieur, dans la neige. Mes bottes profondément enfoncées dans la poudreuse, mes mains accrochées à la dernière cigarette de l'unique paquet que j'avais acheté en arrivant. Face à moi, *le carrefour*, celui dont parle toutes les chansons d'amour.

Un précipice effrayant dans lequel j'allais sans doute sauter, pour la première fois depuis toujours. Le nœud dans mon estomac ne s'était pas défait alors que je voyais défiler le visage des familles qui partaient en vacances aujourd'hui, ni sur ces familles qui rentraient enfin à la maison. C'était un sentiment étrange de n'appartenir ni aux départs, ni aux arrivàes, comme si j'étais ici sans l'être.

Et puis, la voiture se gare à quelques mètres de moi.

Il en sort et toutes mes certitudes explosent dans mes yeux.

Il s'avance, tendu, presque crispé. Il monte les marches qui nous séparent, je prends le temps de détailler jusqu'au bruit que font ses chaussures dans la neige fraîche. Il se dresse finalement devant moi, sans sourire.

- Je suppose que c'est ici que nous nous disons au-revoir ?

- Tu supposes mal.

- Pour quelle autre raison aurais-tu demandé à ce que je te rejoigne ici ?

- Réfléchis bien.

Mon sourire s'agrandit mais le sien ne naît toujours pas sur ses lippes serrées. Il plisse légèrement la paupière droite sans pour autant me lâcher du regard.

- Tu m'as bien fait comprendre hier que tu comptais repartir.

- C'est vrai.

- Dans ce cas, qu'est-ce que je fais ici ?

J'écrase la cigarette dans le cendrier près de moi. Je me dresse face à lui, *mon carrefour*, et je sens mes jambes trembler. J'ai peur.

C'est normal d'avoir peur, me dirait ma mère.

L'amour fait peur, rajouterait sans doute Charline.

- Est-ce que tu crois aux miracles Franklin ?

- Autant que j'ai pu... sans doute pas suffisamment.

Je sors de ma poche deux billets que je dresse fièrement devant moi. Il louche rapidement sur eux avant de me demander :

- Pourquoi tu as acheté deux billets pour New York ?

- Parce que je te choisis toi.

Il reste interdit, un instant de trop. Ses yeux vont des billets à mon regard clair, glissent ensuite sur mon sourire satisfait alors que je le vois se décomposer doucement.

- Tu veux dire que...

- Je crois aux miracles, oui.

Dans une exclamation de joie, il m'attire à lui et capture mes lèvres dans un baiser que jamais je n'oublierai. De ces baisers que l'on voit à la télé, de cette passion naissante et dévorante, de celle qui vous tourmente, vous bouscule et brise jusqu'à vos plus intimes convictions. Il m'embrasse comme jamais encore il ne l'avait fait et je réponds à son baiser avec la plus belle des certitudes.

C'est le miracle de Noël.

EPILOGUE

Il attrape ma main sur Times Square, m'embrasse à Madison Square Garden, me fait la cour à Central Park et m'enlace au Rockefeller Center. Il m'offre des roses sur la Cinquième Avenue et me fera même l'amour dans la chambre de notre hôtel à quelques mètres du MET.

Nous passerons la semaine à nous apprivoiser, à nous découvrir, à nous aimer et à nous réconcilier. Une semaine entière à nous souvenir des enfants que nous avions été et de cet amour si puissant qu'il avait presque réussi à nous séparer.

Sept jours, ce n'est sans doute pas assez pour réparer deux cœurs brisés.

Sept jours, ce n'est pas grand-chose face à une décennie d'absence.

Suffisant pourtant pour nous donner l'impression qu'au miracle succédait désormais l'évidence d'une histoire que personne n'aurait jamais su écrire mieux que nous l'avons fait. Elle est peut-être là, la véritable magie des fêtes. Dans ce qu'elle nous laisse lorsqu'elle s'en va, dans ce qu'elle continue d'exister lorsque les cloches raisonnent et que les décorations s'enlèvent.

C'est sans doute ça, le vrai miracle de Noël.

Celui qui se construit quand plus personne ne chante, que la neige cesse de tomber et que les cadeaux sont ouverts. Le miracle qui perdure, qui s'invite dans nos cœurs et qui nous donne le droit d'espérer à nouveau. Celui qui rallume l'étincelle au fond d'un regard triste, celui qui réchauffe un cœur froid, celui qui panse les plaies mais, plus que tout, celui qui vous invite à aimer, à chérir et à partager.

REMERCIEMENTS

À mon incroyable mari qui me soutient corps et âme dans tout ce que j'entreprends et qui croit toujours en moi.

A Caroline pour sa relecture avisée et ses conseils objectifs, à Aurélie pour son œil plus sensible et ses avis constructifs.

A Virginie pour cette couverture sublime, son talent incroyable que j'aime tout particulièrement depuis longtemps, sa rapidité d'exécution et au résultat plus que magnifique. Merci du fond du cœur.

A toutes ces filles qui comprendront pourquoi j'ai choisi de placer l'action à Trois-Rivières. A Laura, évidemment, pour les encouragements.

Finalement, à vous. Je vous souhaite de joyeuses fêtes de fin d'année.

Printed in Great Britain
by Amazon